魔法学校へようこそ

さとうまきこ・作　高橋由為子・絵

魔法学校へようこそ

さし絵　高橋由為子
ブックデザイン　田中明美

魔法学校へようこそ

1　道路の矢印がはねた！

いつもとおなじ朝だった。

いつものように、七時半にお母さんにたたきおこされ、トーストにジャムをぬっているあいだも、洗面所で髪の寝ぐせをなおしているあいだも、「圭太。早くしなさい」といわれる。

うちから学校までは、歩いて十分くらいだ。学校がはじまるのは八時二十分。で、リビングの時計の針は、まだ八時八分。

「よゆうだって」とぼくがいえば、「なにいってるの。ぎりぎりじゃないの」と、お母さんがいうのも、いつもとおなじ。

「まったく、毎朝、おなじことといわせないでよ。」

「こっちだってききあきたよ。お母さんの〈早くしなさい〉は。」

「いいから、早く行きなさい。遅刻するわよ。」

「はいはい。」

「気をつけてね。」

〈いってきます〉もいわずに、ぼくは家をでた。

ぼくの家は、せまい路地のつきあたりにある。その路地を歩きながら、子どもってつまんないなあと思った。だって、家では「早くしなさい」、学校では「しずかにしなさい」だもん。ったく、やってらんないよ。おまけにきょうは火曜日で、にがてな算数が……やばっ！ 算数の宿題、やるのわすれた。ぼくは立ちどまり、また歩きだした。まえよりも、のろのろした歩きかたで。

プリントはランドセルにつっこんだままだから、休み時間に……。だめだ。算数は一時間目だ。いまから走っていっても、宿題をやる時間なんてない。もう、いいや。どうでも。どうせ宿題をわすれた罰として、プリントがもう一枚ふえるだけだ。で、そのプリントをだすと、まちがいが多いからって、また一枚プリントをわたされる。

「あーあ」と、おもわず、大きなため息がでた。

そうして路地を通りぬけ、もっと広い道にでたときだった。ぼくは、また立ちどまり、首をかしげた。

道のまんなかに、白いチョークで矢印がかいてある。矢印は学校とは反対の方向をさしていて、矢印の上には、〈通学路〉という文字がある。

矢印も文字も、たったいま、かいたばかりのように白く、くっきりしている。大きさは、道のほかのマークや文字にくらべて、ずっと小さいけれど。

「きっとだれかのいたずらだな。」

ぼくは、つぶやいた。でも、こっちへ行ったら、もっと楽しい学校があったりして。算数のない、いや、勉強なんてなんにもない、遊びと給食だけの学校が。

「――んなわけないって。ふふん。」

スニーカーの先っちょで、ぼくは矢印を消そうとした。そのときだった。チョークでかいた矢印がぴょーんと、とびはね、ヘビみたいにくねくねしながら、道をすべっていったんだ。
ぼくは夢中で、あとを追いかけた。矢印はぐんぐんスピードをあげ、角をまがり、またまがり――。

「あっ！　えっ！」

ぼくは、はあはあ息を切らせて、立ちどまり、その家をながめた。道からちょっと奥まったところに建っている、古ぼけた赤いレンガの、その家を。

壁にはツタがはいまわり、ところどころレンガが欠けてしまっている。屋根はとんがっていて、右の壁から直角にまがった煙突がつきだしている。

たしかに、ぼくは見たんだ。あの矢印がその家の小道を通って、するりとドアの下にすべりこんだのを。金色の、まるい取っ手のついた、木のドアの下に。

「ここはいったい、どこなんだ。こんなおかしな家、いままで見たことないぞ。」

あたりはしずかで、人っ子ひとりいない。

どきどきしながら、ぼくはドアの前に立った。

ギイッ

木のドアがゆっくりと、あいた。まるで、さあ、はいっておいでよ、というように。家の中をのぞきこむと、うすぐらく、しーんとしている。左側の半分ひらいたドアから、わずかな光がさしこんでいるだけだ。

おっかなびっくり、ぼくは中へはいった。とたんに、バタン！　とドアがしまり、心臓が止まりそうになった。ドアをあけようとしたんだけど、まるい金色の取っ手はびくともしない。

そのとき、うしろで、「だ、だれ？」という声がして、また心臓が止まりそうになった。ぼくはうしろをふりかえり、暗がりで目をこらした。

「な、なんだ、リッチか。ああ、びっくりした。」

「な、なんだ、圭太か。こっちだって、びっくりしたよ。おまえもチョークの矢印を追いかけてきたのか？」

「うん。リッチも？」

「ああ。うちのマンションをでたところにかいてあったんだ。通学路っていう字といっしょに。おまえは？」

「うちの前の路地をでたところ。字もおなじ。」

「オレもほんのちょっとまえに、ここについたんだよ。で、むこうの部屋をしらべてたら、ドアがしまる音がしてさ。だれかきたのかもしれないと思って見にきたら、おまえだったってわけさ。」

そういうリッチは、もう、いつものちょっと人をバカにしたような話しかたをとりもどしていた。

リッチというのはあだ名で、本名は荒井利一。うわさでは親が金持ちで、ほんとうにリッチらしい。おまけに勉強もできて、体育もとくい。ぼくとは、大ちがいなやつだ。

「いつまでそこに、ぼうっとつったってるんだよ。こっちへきてみろよ。びっくりするぜって、もう、じゅうぶんびっくりしてるけどな。」

ぼくはスニーカーをぬぎ、リッチのあとから、左側の部屋へはいっていった。右側にもドアがあるけれど、しまっているうえに、籐のついたてがひろげてある。

「ほら。見ろよ、これ。」

「なんだよ、これ。まるで教室みたいじゃんか。」

「だろ？」

天井がななめになった、その部屋には学校とおなじ机と椅子が三つならんでいる。そして、それと向かいあわせに、どっしりした机と、古ぼけたひじかけ椅子。

机の上にはぶあつい本が一冊あり、茶色い革の表紙に星みたいな図形がかいてある。ぼくらは、ぱらぱらページをめくってみた。黄ばんだ紙に、色のあせたインクで、わけのわからない図形と文字ばかりだ。

ななめになった天井には、長方形の天窓があり、そこから十月の朝の光がさしこんでいる。

「椅子が三つってことは……。」

「もうひとり、だれかくるのかもしれないな。」

と、リッチがいった、そのときだった。玄関のドアがバタンとしまる音がした。

「だれがきたんだろう？」

「おい、圭太。見にいこうぜ。」

玄関へ行ってみると、赤いランドセルをせおった人影が、ひっしでドアをあけようとしている。さっき、ぼくがやっていたように。あれは……。あのぼさぼさの髪は……。

「紅子お？」

ぼくらの声に、紅子がさっと、こっちをふりかえり、胸に手をあてて、いった。

「な、なんだ。圭太くんとリッチくんか。ああ、びっくりした。ふたりとも、あのチョークの矢印を追いかけてきたの？」

「そういうこと」と、リッチがいい、ぼくらはさっさと、さっきの部屋へもどった。

ひそひそ声で、こんなことをいいながら。

「なんで三人目が紅子なんだよ。」

「なあ？　よりによって、紅子だなんて。」

だって、紅子はぼくたちのクラス、四年一組では仲間はずれにされていて、いつもひとりぼっちだ。なんでかって？　さあ。太ってるし、くらいし。おまけに髪はぼさぼさで、顔を半分、かくしちゃってるし。

「なによ、これ。まるで学校みたいじゃない。」

ぼくらのあとから部屋にはいってきた紅子も、そういった。すると、リッチが、いった。

「じゃあさあ。とにかく、これで三人そろったわけだから、ちょっとすわってみないか？」

「そうだね、そうだね。ぼくたちが席についたら、なにかがおこるかもしれないね。」

「チャイムがなるとかな。学校みたいに。」

といって、リッチがまっさきに、まんなかの椅子に腰をおろした。ぼくはリッチの

左、紅子は右の席だ。

「なんにもおこらないじゃないの。」

紅子がぶつぶつ、もんくをいった。そこへ、ペタン、ペタンというスリッパの足音がちかづいてきて、まっ白い髪をしたおばあさんが部屋にはいってきた。花模様の服に、白いエプロンをしたおばあさん。

どこにでもいる、ふつうのおばあさんだ。おでこにしわがよって、ほっぺたがたるんでいる。

「やっと席につきましたね。」

おばあさんは、あっけにとられているぼくたちに、にっこりほほえみかけ、

「魔法学校へ、ようこそ。」

そういって、ひじかけ椅子に腰をおろした。

「魔法学校？」

リッチが、かんだかい声でいった。ぼくが金魚みたいに、口をぱくぱくさせていると、紅子が早口で、いった。「それじゃ、おばあさんが魔法使いなの？」

「んなわけねえだろ、こんなばあさんが。」

鼻の先でわらいながら、リッチがいった。おばあさんはあいかわらず、にこにこしながら、

「それではひとつ、証拠を見せましょう。」

そういって、立ちあがり、エプロンの下をごそごそ、ごそごそ。

「ほうら！」

あらわれたのは、黄色い小鳥が止まり木にとまっている鳥かご。鳥かごには、つる草や花の飾りがついていて、小鳥はチュンチュン、さえずっている。

「ええ、ええ。そうでしょうねえ。」

おばあさんは小鳥に相づちをうち、それから、ぼくたちにむかって、こういった。

「かごの鳥ではきゅうくつで、不幸なんですって。それでは望みどおり、大空へかえしてあげましょう。ふーっ。」

と、おばあさんが小鳥に息を吹きかけると、鳥かごごと、ぱっと消えてしまった。

ぼくたち三人は、たがいに顔を見あわせた。だれの顔にも、おなじことが書いてある。あれが魔法？　手品じゃないの？

おばあさんはひじかけ椅子にすわって、とくいそうに、ぼくたちを見ている。

「わかった」と、リッチがいった。

「あの机にしかけがあるんだ。底が二重になっていて、鳥かごでも人間でも、紅子でもはいれるすきまがあるんだよ。オレ、テレビで見たことあるもん。手品のトリックをあばく番組で。」

「うん、うん。ぼくも見たことある。人間が小さい箱にはいっちゃうんだよね。」

「なあんだ。手品教室だったのね。魔法学校なんていうから、期待してそんしちゃった。あたし、かえる。学校へ行く。」

「オレも。」

「ぼくも。ちぇっ。あの矢印のせいで、遅刻……。おい、ちょっとまてよ。」

ランドセルをせおおうとしているふたりに、ぼくはいった。

「いくらなんでも、あれが手品なわけないだろう。あのチョークの矢印が。」

「知らねえよ。ばあさんにきいてみろよ。」

「これで二度目。」

ひややかな声で、おばあさんがいった。そして、椅子にすわったまま、リッチをにらみつけた。

「あなたがわたしのことを〈ばあさん〉といったのは、これで二度目です。まったく、ちかごろの子どもの言葉づかいのわるいことといったら。おまけに、わたしの魔法を手品ですって？　これは、あなたたち全員にいっているのですよ。」

いいながら、おばあさんはゆっくり立ちあがった。

「いいでしょう。こうなったら、奥の手をつかわざるを得ません。わたしとしては気がすすまないのですが。あなたたち、魔法使いというのは、こういうすがただと思っているのでしょううう。」

ひい〜っ

おばあさんの声が気味のわるいしゃがれ声になったかと思うと、からだがむくむく大きくなり、ゆがみ、ねじれ――。

「わっ！」

「うわっ！」

「きゃあっ！」

ぼくたちは悲鳴をあげて、部屋から逃げだそうとした。すると、おばあさんだった魔法使いの、大きな顔がぬうっとせまってきた。燃えるような赤い目、大きなイボのある長い鼻。紫色のくちびるからはキバのような、とがった歯がつきだしている。

「ぐふっ、ぐふっ、ぐふっ。そのドアはあかない。わたしの魔法により。」

ほんとうに、ドアはあかなかった。だれが、いくらやっても。玄関のドアとおなじように。

魔法使いが黒いマントを、ばさっとひるがえすと、何十匹というコウモリがキイキイ、いいながら飛びだしてきて、ぼくたちの顔や頭を翼で打った。ぼくたちは両手で頭をかばい、しゃがみこんだ。ふるえながら、からだをよせあって。

「どうだ。これで満足か。しっかと目をひらいて、よく見るがいい。なんだ。こわくて、目もあけられないのか。ぐふっ、ぐふっ。そうだろう、そうだろう。だから、このようなすがたはとらないのだ。なぜならば、恐怖からはなにも……学べませんからね。」

いまの声は？　おばあさんの声だ。コウモリのキイキイ、バタバタいう音もしない。ぼくはおそるおそる、両手の指のあいだからのぞいてみた。すると、花模様の服に白いエプロンをしたおばあさんが、にこやかに立っている。

コウモリも、いなくなっている。いや、まてよ。天井から、さかさまにぶらさがっているんじゃ……。三人そろって、指のあいだから天井を見あげていると、おばあさんがいった。

「コウモリなら、もういませんよ。このすがたには、にあいませんからね、あれは。」

それをきいて、ぼくたちはやっと顔から手をはなし、ずるずるっと床にへたりこんだ。

「もとはといえば、あなたたちがああだこうだいうから、いけないんですよ。さあ、三人とも早く席について。それとも、さっきのすがたのほうがいいというのなら……。」

ぼくたちはあわてて立ちあがり、たおれている椅子をならべ、すわった。おばあさんは片手を口にあてて、「ほほほ」とわらった。

「どうやら恐怖からも、学ぶものがあるようね。もっと背筋を、まっすぐのばして。あなたたちには背骨というものがないんですか？」

ぼくたちは、ぴしっと背筋をのばした。

「その気になれば、できるじゃないの。手は膝に。手は膝！　そうです、そうです。はい。それでは、これより魔法学校の授業をはじめます。」

2 はじめての魔法の授業

「小学校とちがって、この教室には黒板はありません。みなさんもノートをとる必要はありません。」

両手を机の上でくみあわせて、おばあさんはつづけた。

「わたしの魔法学校で習うことは、心とからだで感じてほしいのです。わかりましたか？　あら、返事がないわねえ。返事はどうしたの？」

「は、はい。」

ぼくたちの声は、すこしふるえていた。部屋の中にはまだかすかに、なにかが焦げたような、いやなにおいがただよっていた。

「ところで、みなさんは魔法というと、ほうきにまたがって空を飛ぶとか、ネコを

ライオンにかえるとか、そういうことを思いうかべるのではないかしら。ちがいますか？　おや、また返事がない。返事は、はい？　いいえ？　どっち？」

「はい」と、ぼくたちはこたえた。「やっぱりねえ」といって、おばあさんはため息をついた。

「空飛ぶほうきと、魔法の杖があれば、なんでもできると。みなさんは、そう思っているわけね。でもね、わたしがみなさんにおしえる魔法は小さな、小さな魔法なの。でも、とても、とてもたいせつな魔法なんですよ。きょう、これからおしえる魔法も、そうです。小さいけれど、とてもたいせつな魔法。つかいかたによっては、人の命を救うこともできる。」

「命を？」

いつのまにか、みんな、すっかり話に引きこまれていた。おばあさんは重々しい声で、「つかいかたによっては、ね」と、いった。

いったい、どんな魔法なんだろう。ぼくの胸は期待で、どきどきしてきた。リッチは膝の上の手をぎゅっとにぎりしめ、紅子は顔にかかった髪をさっとはらいのけた。

ところが――。

ぼくたちの正面に立って、おばあさんはいった。

「きょうはみなさんにとって、記念すべき第一回目の授業ですからね。わたしの数ある魔法のなかでも、とびきりの魔法を伝授しましょう。九秒間、時を止める魔法を。」

「九秒間？」

リッチがまた、キンキン声をはりあげた。

「九秒なんて、あっというまじゃないか。なんもできねえよ、九秒じゃあ。」

「そうだよ、そうだよ。」

と、ぼくがいうと、紅子も口をとがらせた。

「どうして一時間、ううん、一日じゃいけないの？」

すると、おばあさんは「つつつ」と、舌打ちをして、こういった。

「もんくをいう生徒には、なにもおしえません。あなたたちは魔法を習いたくないんですか？　もしも習いたくないのなら、いますぐ、ここからでていきなさい。わ

たしの魔法学校から。この教室のドアも、玄関のドアもあきます。いまさっき、ドアにかけた魔法を解除する魔法をかけましたから。」

　ぼくたちは、さわぐのをやめた。だれの顔にも、おなじことが書いてある。そりゃあ、魔法は習いたい。たとえ、どんなちっぽけな魔法でも。もしかしたら、魔法使いになれるかもしれないんだぞ！

「いいでしょう。それでは」といって、おばあさんはまた、エプロンの下をごそごそ、ごそごそ。

　でてきたのは白い枠の、まるい、大きな時計だった。時刻は午前か午後かわからないけれど、八時十二分で、赤い秒針もついている。

まるでドラえもんの四次元ポケットみたいなエプロンだな、と思っていると、おばあさんがじろっと、ぼくをにらみつけた。

「わたしのエプロンは、なんとかえもんのポケットとちがって、毎日洗って、アイロンをかけています。」

なんで？　なんでぼくの考えていることがわかっちゃうの？　そう思っているあいだも、おばあさんの授業はつづく。

「いいですか。この赤い秒針を見ていてください。そうだわ。こうしましょう。」

おばあさんがいきなり、時計から両手をはなしたので、ぼくたちは、「あっ」と声をあげた。でも、時計は、そのまま宙に浮かんでいる。空にぽっかり、満月が浮かんでいるように。

びっくりして、目をまるくしているぼくたちに、おばあさんはまた、「ほほほ」とわらった。

「あなたたちにもようやく、わたしの真価がわかってきたようね。さて、九秒間、時を止める魔法をマスターするには、まず九秒というのがどれくらいの時間なのか。

それを心とからだで感じてもらいます。この赤い秒針が〈12〉まできたら、わたしが魔法で時を止めます。あと三秒、二秒、一秒。」

おばあさんの右手がシュシュッと、すばやくうごき、くちびるもうごいた。と、赤い秒針がぴたりと止まった。一、二、三……ぼくは頭のなかで、数をかぞえはじめた。七、八、九！　あれ？　まだ秒針がうごかないぞ。あっ、うごいた！　ぼくは止めていた息を、「ふーっ」とはきだした。リッチも、紅子も。

「これで、みなさんにもわかったでしょう。九秒というのが短いようで、長い時間だということが。」

とくいそうに、おばあさんはいった。

「いまは授業中ですから、あなたたちは魔法の影響をうけません。もしも授業以外で、この魔法をつかうと、生きとし生けるもの、すべてが動きを止めます。魔法をつかった人以外はね。それでは、まず手のサインからやってみましょう。それができたら、呪文を伝授します。」

「呪文！」と、ぼくはさけんだ。つづいて、紅子とリッチもさけんだ。

「そうこなくっちゃ！」

「やっと魔法らしくなってきたぞ！」

ぼくたち三人はがぜん、元気づいた。だって、アニメでもゲームでも、魔法に呪文はつきものだ。ゲームずきのぼくは呪文ときいただけで、からだがむずむずする。

すると、おばあさんが氷のような声でいった。

「どうやら、またコウモリをよびだしたほうがよさそうね。」

たちまち、ぼくたちはしずかになった。

「それでは、手のサインから。ゆっくりやりますからね。よく見ていてくださいよ。」

おばあさんは、まず右手の人さし指でバツをかいた。つぎに、指をそろえて、さっと横にうごかした。さいしょにかいたバツを消すように。

「なあんだ、かんたんじゃん。野球の監督のサインより、ずっとかんたんだよ。」

そういいながら、ぼくがやっていたら、「ちがう、ちがう」と、おばあさんがいった。そして、ぼくだけ立って、もういちどやるようにいい、あとのふたりに、

「どこがちがうか、わかりますか？」と、たずねた。

すると、紅子がからだをのりだした。

「バツのかきかたがちがう。右からなのに、圭太くんは左からかいてる。」

「そのとおり。では、髪の長い少年、こんどは正しくやってみせてください。」

「え。ぼくのこと？」

ぼくが自分の顔を指さすと、

「あなた、前髪が長いでしょう」と、おばあさんがいった。

「ぼく、圭太っていう名前があるんだけどな。まあ、いいや。はいはい。こうでしょ。」

ぼくは、手のサインをやりなおした。すると、おばあさんは、リッチにむかって、こういった。「背の高い少年もいいですね？」

「じゃあ、あたしは？　太った少女？」と紅子がいうと、

「いいえ。あなたは顔をかくした少女です」だって。なんで、そんな呼びかたをするんだろう。いや、そんなことより、呪文だ、呪文。

「ねえねえ。早く呪文をおしえてよ。」

ぼくはいった。そして、また、おばあさんに、にらまれた。

「それが先生にたいして、いう言葉ですか。呪文をおしえてください、といいなさい。まったく、こんなことからおしえなくちゃいけないなんて、夢にも思わなかったわ。むかしの子どもは、もっと礼儀正しかったのに。」

「むかしって？」と、紅子がたずねた。「おばあさん、むかしから子どもに魔法をおしえていたの？」

「ええ、ええ。それがわたしの、この世界における役目ですからね。顔をかくした少女よ。」

「紅子、話をそらせるなよ。圭太、さっさといいなおせよ。」

リッチが、いった。命令するなよと思いながら、しぶしぶ、ぼくはいいなおした。

「呪文をおしえてください。」

「声が小さいけれど、まあ、よしとしましょう。わたしは、こう見えてもいそがしいんですからね。薬草を煮たり、空飛ぶほうきの手入れをしたり。いつまでも、あなたたちのしつけにかかわっているひまはありません。きょうの魔法、九秒間、時を止める魔法の呪文は……。」

そこで、おばあさんはもったいぶって、ちょっと、間をあけた。

「時よ、止まれ、我を救え、です。」

「えーっ！」と、ぼくたちはいっせいに不満の声をあげた。

「そんな呪文ねえって」と、リッチ。

「もっと呪文らしいのにしてよ。バシルーラとか、マヒャドとかさあ」と、ぼく。

「長すぎて、いいにくいわよ。時よ、止まれ、我を救え、なんて」と、紅子。

「いったでしょう。もんくをいう生徒には、なにもおしえないと。それどころか、わたしにはすべてを消しさることもできるのですよ。みなさんの記憶から、きょう、ここにきたことのすべてを。」

ぼくたちは、ぴたりと口をとじた。ぼくは、あの黒いマントの魔法使いを思いだして、背中がぞうっとした。あのコウモリの群れ……。

「いいでしょう。では、授業をつづけます。こんどは手のサインと呪文をくみあわせて、練習してみましょう。手のサインがさきですよ。それから呪文です。順番が逆でも、どちらか、いっぽうだけでも、魔法は生じません。では、顔をかくした少女から。時計の前に行って、秒針を止めてごらんなさい。」

紅子が立ちあがり、空中に浮かんでいる時計の前に立った。緊張しているのか、しきりに髪をかきあげている。紅子が大きく息をすいこみ、手のサインをした。そして、ちょっとかすれた声で、呪文をとなえた。

「時よ、止まれ、我を救え。わあ！　秒針が止まった！　やった、やった！」

歓声をあげたのは、紅子だけではなかった。ぼくとリッチも立ちあがり、紅子とハイタッチをした。「やったな！」「やったな、紅子」といいながら。学校じゃ、とても考えられないことだけど、ぼくらも自分のことのようにうれしかったんだ。

つぎのリッチも、一発でクリアした。ぼくは……三回目で、やっと。そういえば、一学期の成績表に書いてあったっけ。「やる気と集中力がほしいです」って。それにしても、リッチならともかく、紅子に負けるなんて……。

でも、おばあさんは満足そうに、うなずいた。

「みなさん、はじめてにしてはのみこみがはやいですよ。わたしもさきが楽しみです。きょうの魔法学校の授業は、これで終了。さあ、早く小学校へ行きなさい。じきに、学校がはじまるチャイムがなりますよ。」

「チャイムなんて、もうとっくになってるよ。オレたちがここにきてから、一時間くらいたつもん。もう二時間目になってるって。」

「おい、やめろよ。」

ぼくは肘で、リッチをつっついた。ところが、おばあさんは怒るどころか、にっこり、ほほえんだ。

「さあ、どうかしら。そうそう、あなたたちの学校は、この家をでて、右にまっすぐ行って、二本目の角を左にまがったところですからね。ちょっと！　あなたたち、ランドセルをわすれてるわよ。しっかりしてちょうだいよ、わたしの生徒たち。」


部屋のドアも、玄関のドアも、すんなりあいた。外へでたぼくたちは、明るい日ざしに目をぱちぱちさせた。

玄関前の小道から広い道へでると、きたときとちがって、人も自転車も通っている。大きすぎるランドセルをせおった一年生がバタバタ走って、ぼくたちを追いこしていく。

「え。リッチ、紅子。いま、何時かわかる？　ぼく、時計も携帯も持ってないんだ。」

「あたしも持ってない。」

「まて」と、いって、リッチがジーパンのポケットから銀色の携帯をとりだした。

ぼくたちは携帯のふたの時刻表示を見た。8：13。

「圭太。おまえ、きょう、何時に家をでた？」

「八時十分過ぎ。いつもとおなじ。」

「あたしは八時。うち、チトフナの駅のほうだから。

学校まで、十五分くらいかかるから。」

「ということは、つまり……。」

「ぼくたちが魔法学校にいたあいだ……。」

「時間は止まっていたってことよ。わあい！」

紅子が、どすどすとびはね、ぼくらの背中

をばんばんたたいた。

「いてえよ。」

「いたいってば。」

「ふたりとも、わかってないわね。本でも映画でも、主人公が冒険をしているあいだ、現実の時間は止まるのよ。」

「んなことわかってるよ。なあ、圭太?」

「うん。ぼくもいま、それをいおうとしたんだ。」

「こんなふしぎなことが、あたしにおこるなんて! あたし、冒険の主人公なんだ。」

「――のひとりな」とリッチがいった。そこへ、むこうから、よちよち歩きの女の子をつれたお母さんがやってきた。女の子は赤い風船を持っている。と、女の子がころびそうになり、風船のひもをはなしてしまった。風船はふわり、ふわりと上へ。お母さんがひもをつかもうとしても、手がとどかない。女の子は、「ふうしぇんさん、ふうしぇんさん」と、泣いている。

ぼくたちは顔を見あわせた。だれの顔にも、おなじことが書いてある。さっきの

魔法をためしてみよう！

「三人いっしょよ」紅子が、ぼくとリッチにいった。「おばあさんがいっていたでしょう。授業中じゃないときは、魔法をつかった人以外、うごけなくなるって。じゃあ、いくわよ。バッ、シュッ。」

ぼくたちの手のサインは、ぴったりあっていた。

「じゃあ、呪文よ。せえの。」

やはり紅子のかけ声で、ぼくたちは呪文をとなえた。「時よ、止まれ。我を救え。」

つぎの瞬間、女の子もお母さんも、通行人も、ぴたりと動きを止めた。まるで、ぼくたち以外、全員が彫刻になったようだ。

風船は、お母さんが手をのばした二、三センチ上に静止している。

「早くあの風船を。たった九秒しかないのよ。」

「よし、オレが。」

リッチがすこしうしろへ下がり、助走をつけて、ジャンプした。でも、もうすこしというところで、風船のひもに手がとどかない。

「リッチ、がんばれ。」

「がんばって、リッチくん。」

リッチはさらにうしろに下がり、走っていき——女の子のお母さんといっしょにジャンプした。九秒が過ぎて、時間がうごきだしたんだ。女の子はしくしく泣いていて、周囲の人びとも歩いている。

風船のひもをつかんだのは、リッチだった。

「まあ、ありがとう！　ミッちゃん。このお兄ちゃんが風船さんをつかまえてくれたわよ。」

リッチが「はいよ」と、風船をわたすと、女の子はぴたりと泣きやみ、にこっとわらった。

「お兄ちゃんに、ありがとうは？」

「おにいたん、あんがと。」

すると、紅子が女の子のそばにしゃがんで、

「こうしようね。」

風船のひもを、女の子の手首にむすびつけた。

「こうすれば、風船さんは、もうどこへもいかないからね。」

「おねえたん、あんがと。」

「ほんとうに、ありがとう。この子もキミたちみたいな、やさしい子どもになってほしいわ。じゃ、行きましょ、ミッちゃん。」

「うん！」

歩きながら、ふたりはなんどもこちらをふりかえり、手を振った。ぼくたちも手を振って、学校へむかって歩きだした。リッチがむすっとした声で、こんなことをいった。

「せっかくの魔法を、つまんねえことにつかっちゃったな。オレ、もっとでかいことにつかいてえよ。交通事故をふせぐとかさ。あのばあさんもいってたじゃねえか。つかいかたによっては、人の命を救うこともできるって。」

「でも、あの子が泣きやんでよかったじゃないか。」

「そうよ。圭太くんのいうとおりよ。あたしたちが時を止めなければ、あの子、

40

ずっと泣いてたわよ。ふうしぇんさん、ふうせんしゃんって。」

「ああ、うん。それは、オレもそう思うけど。」

おばあさんにいわれたとおり、二本目の角を左にまがると、見なれた校舎が見えてきた。おなじクラスのやつも歩いている。

「よう。リッチ、圭太。」

「めずらしいじゃん、おまえたちがいっしょなんて。」

「たまたまあったんだよ。なあ、圭太？」

「そう。たまたま。」

チョークでかかれた矢印を追いかけて、魔法学校へ行ったなんて、いえっこない。いったって、だれも信じてくれっこない。

ぼくは、ちらっとうしろをふりかえった。紅子はぼくらの五、六メートルうしろを下をむいて、歩いていた。学校がちかづくにつれて、ぼくとリッチはどんどん早足になり、紅子を引きはなしたんだ。

だって、みんなにヘンに思われるじゃないか。紅子なんかといっしょに登校したら。

すると、歩きながら、ひそひそ声で、リッチがいった。

「さっきの魔……あれだけどさ。いろんなつかい道あるよな。コンビニで九秒止めて、なにかぬすんで逃げるとかさ。って、じょうだんだよ、もちろん。」

「たしかに、やろうと思えばできるね。でも、ぼくはもっと練習しないと。ぼく、集中力ないから。きょう、うちで自主トレする。」

「よし。オレもかえったら自主トレ――って、オレ、きょう、塾なんだ。ちぇっ。」

歩きながら、リッチは石ころをけっとばした。


その日、授業がおわると、ぼくは走って家へかえった。

朝、道にかいてあった矢印と〈通学路〉という文字は、きれいさっぱり消えてなくなっていた。

「ただいま。」

「おかえり。宿題は？」

「ある。いまからやるんだ。いま、すぐ。」

ぼくがそういったら、お母さんは目をまるくした。

「あしたの朝、空からトマトでも降ってこなきゃいいけど。」

おやつもたべずに、ぼくは二階の自分の部屋にとじこもり、魔法の練習をした。

ところが、これがさっぱり、うまくいかない。

「ちくしょう。ようし、こんどこそ。あーあ。また、だめか。」

なにをやっているかというと、紙飛行機を飛ばして、それが床に落ちるまえに、時を止めようとしているわけさ。そうすれば、紙飛行機は九秒間、空中に浮かんでいるはずだ。あの女の子の風船とおなじように。

でも、魔法はちっともきかず、床にはノートやプリントでつくった紙飛行機がちらばったままだ。

「ちえっ。もう、やーめたっと。ゲームでもしよう。——ん？」

ぼくはいちばんさいごに飛ばした、紙飛行機の上にかがみこんだ。今朝、宿題をわすれた罰にわたされたプリントで折った紙飛行機だ。小数点のかけ算の模様の、その紙飛行機が床から十センチくらいのところに……。

「浮かんでる！　やった！」

つぎの瞬間、紙飛行機はパサッと床に着地した。

「ようし。こんどはもっと高いところで止めてみせるぞ。」

つぎの紙飛行機は、床から三十センチくらいのところで、ぴたっと止まった。そのつぎは、ぼくの目の高さで。そのつぎは頭の上で。どれも九秒が過ぎると、また、すいっと飛ぶ。こりゃあ、おもしろいや！

ぼくは椅子の上に立ち、つぎからつぎへと紙飛行機を飛ばし、魔法をつかった。

そのうちに、手のサインも呪文も、どんどんはやくつかえるようになってきて——。

何十という紙飛行機が、部屋の中をひゅんひゅん、ひゅんひゅん、飛びまわっている。

「時よ止まれ我を救え、時よ止まれ我を救え。あははは……。」

ぼくは魔法使いなんだ！　ほんとに、ほんとに、魔法使いなんだ！

3　ぼくってサイテー

その翌朝。

ぼくはいつもより早く家をでて、せまい路地を走っていった。でも、道にチョークの矢印も、文字もなかった。

「じゃあ、毎日、あるわけじゃないんだ、魔法学校は。がっかり。」

のろのろと、ぼくは学校へむかった。そうして、校舎の階段を三階まであがっていくと、教室の前でリッチがまっている。ぼくたちはあまり人のいない、廊下のつきあたりへいき、ひそひそ声で、話しあった。

「おまえ、どうだった、きのう。」

「大成功さ。リッチは？」

「オレも大成功。おまえ、どんなことしたんだ？　ふーん。紙飛行機か。おもしろそうだな。オレもやってみようかな。」

「リッチは、どんなことしたの？」

「オレ、きのう、塾に遅刻しそうになってさ。で、塾の教室の前で九秒止めて、ぎりぎりセーフ。むふふ。」

「なはは。」

そこで、ぼくは笑いをひっこめ、リッチの腕をつかんだ。

「おい、紅子が階段をあがってきたぞ。こっちを見てる。」

「見るな、見るな。」

「見ない、見ない。」

そういいながら、ちらっと横目で見ると、紅子は重い足を引きずるようにして、教室へはいっていった。魔法学校では、あんなに生き生きしていたのに。

「紅子なんか、いらねえって。オレたちふたりのほうが、ずっと楽しいよ。なあ？」と、リッチがいった。

「ああ、うん。そりゃあね。」

そのとき、チャイムがなり、ぼくたちは小走りに教室へむかった。


そのつぎの日も、道にはなにもかかれていなかった。しかも、一時間目の国語は漢字のテスト。

「それでは、残りの十五分をつかって、漢字のテストをします。」

先生のその声に、うとうとしていたぼくは、あごをささえていた肘ごと、ずっこけた。ぼく、算数とおなじくらい、漢字がにがてなんだ。

そこへ、前のほうから、テスト用紙がまわってきた。『りょうしん』と『ちゅうしょく』を取る？　さわやかな『きせつ』となった？　うー、わかんない、わかんないよ。そのとき、ぼくの頭にぴかっと、電球がともった。

まだ早い。まだ、まだ……。みんなが机にかがみこんでいるあいだ、ぼくは黒板の上の時計を見つめていた。黒い枠の四角い時計。赤い、長い秒針のついている時計を。

あと一分。十秒、九秒。いまだ！　ぼくは魔法をつかった。そして、先生をふくめた全員がうごかなくなったすきに、リッチの席へ行き、テスト用紙をすりかえた。いそいで自分の席へもどり、消しゴムでリッチの名前を消し、〈堤圭太〉と書いた、ちょうどそのとき。九秒が過ぎた。

三つのことが、ほとんど同時におこった。リッチが「あーっ！」とさけんだのと、チャイムがなったのと、先生が、「それでは、うしろから用紙をあつめてください」といったのと。

「はいよ〜。」

ぼくは、にっかにかしながら、テスト用紙を前の席の人にわたした。リッチのきれいな字で、びっしり答えの書いてある用紙を。もちろん、すりかえたほうの用紙の名前は、〈荒井利一〉にしてある。

そのテスト用紙を手に、リッチがぼくにとびかかってきた。

「ちくしょう！　こんなことしやがって！　ずるいぞ、おまえ。」

「こんなことって、どんなこと？　いってみろよ。」

リッチは、ぐっと言葉につまり、だらんと両手を下げた。へへへ。いえっこないさ。魔法をつかったなんて、みんなの前で。

「利一くん。なにやってるの。早くしなさい。」

ぐしゃぐしゃになったテスト用紙を、リッチは先生にわたしにいった。そのまえに、低い声で、ぼくに、「おぼえてろよ」といった。

二時間目、社会。ぼくはノートにいたずらがきをしながら、作戦をねっていた。

きょうはずっと、仲のいいやつらといっしょにいよう。翔とか、大地とか。昼休みも、トイレに行くときも。あいつらに、ボディーガードになってもらうんだ。

ふと、左のほっぺたに視線を感じて、ぼくはふりかえった。すると、窓ぎわの席の紅子がじっと、こっちを見ている。その目は「最低」といっていた。

「どうせ、ぼくは最低さ。」

ぶつぶついいながら、ぼくはノートのいたずらがきを黒くぬりつぶした。

漢字のテストは、その翌日かえってきた。さすがリッチ、一〇〇点だ。

けれども、そのテスト用紙を、ぼくはまるめて、ランドセルにつっこんだ。アイディアがひらめいたときは、もしも一〇〇点だったら、お母さんに見せて、なにかごほうびをもらおうと思っていたんだけど、そんな気持ちはとっくに消えてしまっていた。

そんなことがあったから、その日の晩、リッチから電話がかかってきたときは、心臓がとっくんと、いやにゆっくり打った。

もう九時を過ぎていて、ぼくはお風呂からでて、リビングでジュースを飲んでいた。アイロンかけをしていたお母さんに、「圭太、でて」といわれて、受話器をとったら、リッチからだったんだ。

「もしもし、圭太？　オレ。」

「え。あ、あのさあ。わるいけど、一度切ってくれる？　こっちから、すぐかけなおすから。」

返事もまたずに、ぼくは電話を切った。

「お母さん。四年一組のプリントどこ？　みんなの連絡先の書いてあるプリント。」

「テレビ台の、引き出しの中。」

「二階の子機、つかっていい？」

「あら。なにかお母さんにきかれたくない話でもあるの？」

ぼくはだまって、どたどた階段をあがっていった。そして、お母さんとお父さんの寝室の子機をつかむと、自分の部屋へ。念のため、ドアもしめた。

プリントを見ながら、リッチの家の番号をプッシュする。三回目のコールで、リッチがでた。

「圭太だけど。漢字のテストのこと、ごめんね。自分でも最低だと思ってる。もう二度と、あんなことしないから。やくそくする。」

「いいよ、べつに。学校のテストなんて、偏差値と関係ねえもん。塾の模擬テストとちがって。そんなことより、おまえ、あしたの土曜日、なにかある？」

「べつに。なんで？」

「オレ、あしたはひさしぶりに、なんもない日なんだ。だから、いっしょにさがしにいかないか、あの家を。」

「行こう、行こう。じつは、ぼく、あれから、あちこちさがしたんだけど、みつからないんだよね、どうしても。」

「じゃあ、あした、一時に……どこにする？」

「そうだなあ。あんまり知ってる人にあわないところがいいよね。」

「オレんち、くる？　オレんち、昼間はお手伝いさんしかいないからさ。お手伝いのおばちゃん、オレの部屋にはぜったいはいってこないから。あ、もし、おまえがよければ、だけど。」

さいごは、もごもごとリッチはいった。

「ぼくはいいよ。で、おまえんちってどこ？」

「ユリの木通りの公園、知ってるだろ。あの公園のとなり。グランデ・アビタシオン経堂っていうマンションの七〇一。」

「わかった。じゃあ、あした。」

——というわけで、翌日、土曜日の一時ごろ、ぼくはリッチの部屋にいた。リッチが住んでいるマンションは、うちのお母さん、お父さんが〈億ション〉とよんでいる超リッチなマンションだった。広びろとしたリビングに、ぼくの家がすっぽりはいってしまいそうだ。

で、リッチの部屋が、これまた超リッチで、ノートパソコンもあれば、でっかいテレビもあり、ぼくの部屋より、ずっと広い。ドアには〈立ち入り禁止〉の白いプレート。これじゃあ、お手伝いさんもはいってこないだろう。

けれども、リッチの話をきいているうちに、うらやましいという気持ちはだんだん消えていき、ぼくは、なんだかリッチがかわいそうになってきた。

だって、部屋にテレビやパソコンがあっても、リッチ、友達とあそぶひまもないんだ。塾が毎週、火、水、木、金。月曜は水泳教室。土曜は、たいてい塾の模擬テストで、日曜は英会話だっていうんだから。

「お父さんもお母さんも、自分が仕事でいそがしいから、オレのこともいそがしくさせておきたいんだ。そうすれば、オレがどこでなにをしてるか、気にしないですむからさ。それに、中学は私立を受けるんだって、かってにきめてさあ。オレの話は、もういいよ。」

「って、おまえ、自分から話しだしたんじゃないか。」

「そうだったっけ。そんなことより、圭太。おまえ、もう、あの家をさがしたんだって？」

「うん。でも、どうしてもみつからないんだ。」

「じゃあ、このコーラ飲んだら、行こうぜ、捜索に。」

「あのさあ。紅子もさそったほうがいいんじゃないかな。あいつも魔法学校の生徒のひとりなんだから。」

「わかった、わかった。電話するよ。ああ、どうか家にいませんように。」

リッチは机の引き出しからクラスのプリントを取りだし、携帯から、紅子の家にかけた。

紅子は家にいた。十五分後、ぼくたち三人はマンションの前で顔をあわせた。

「それで？　どこからさがすのよ。」

「ちょっとまてよ。おまえ、あの魔法、つかってるか？」

リッチの質問に、紅子はぼさぼさの髪をかきあげ、こういった。

「つかってるわよ。でも、なににつかったか、あんたたちにはぜったい、おしえない。」

「おしえてくれって、だれがいった。」

「やめろよ、ふたりとも。それより、早く行こうぜ。」

ぼくは、いった。紅子も紅子だけど、リッチもリッチだ。やれやれ。よりによって、このふたりが魔法学校の仲間だなんて。そんなことを考えながら、ぼくはリッチとならんで、自転車をこいでいった。

紅子も自転車だけど、なにしろ太っているから、はやくこげない。ぼくらのうしろを、顔をまっ赤にして、ついてくる。

けっきょく、いくらさがしても、あのとんがり屋根の、赤いレンガの家はみつからなかった。

まず学校から出発して、二本目の角を右へまがり、このあいだとおなじ道を逆にたどってみたんだけど……。その道は、ぼくがもうすでに、さんざんさがした道だった。

やがて夕方になり、紅子が「かえる」といいだして、捜索は打ちきりになった。

紅子は「じゃあね」もいわずに、さっさと行ってしまった。

それから、リッチとぼくはユリの木公園のベンチにすわって、しばらくしゃべっていた。

「なあ、リッチ。どう思う？　どうして、ぼくたち三人が生徒にえらばれたのかな。」

「知らねえよ。それより、つぎの授業はいつかってことだよ。あれから、もう四日たつんだぜ。きょうは土曜日なのに、オレ、わざわざ早起きして、見にいったんだ。道路の矢印を。」

「ぼくも七時半に目覚ましをかけたんだ。それなのに、ないんだもんなあ。」

もう十月の半ば。日の暮れるのが早く、あたりはすでにうすぐらい。公園の街灯が、だれもいないジャングルジムを白っぽく照らしだし、ベンチの上には、うしろにそびえている大きなユリの木の影が落ちていた。

「早く、あの矢印があらわれてくれないかなあ。ぼく、もっと、もっと、いろんな魔法をおぼえたいよ。」

「オレだって。」

「じゃあ、こうしないか？　毎晩、寝るまえにおいのりするんだ。あしたは、魔法学校へ行けますようにって。どう？」

ぼくがそういうと、リッチはしんけんな顔をして、うなずいて、

「おい、圭太。やくそくだぞ。毎晩、かならず、寝るまえにおいのりしような。お月さまとお星さまに。」

といって、てれくさそうに、「あはっ」とわらった。

へえっと、ぼくは思った。こいつ、意外といいやつじゃないか。

ぼくたちは三年生の組替えで、はじめておなじクラスになったんだけど、ぼくはずっとリッチのことをヤなやつと思っていたんだ。だって、みんなをバカにしてるの、見え見えなんだもん。そりゃあ、リッチみたいに頭がよくて、運動神経もバツグンなら、そうなっちゃうのかもしれないけどさ。

紅子とは一年生からずっとおなじクラスだけど、いっしょにあそんだり、しゃべったりした記憶はまったくない。おぼえているのは、あいつが泣き虫で、なにかっていうと、ぴいぴい泣いていたことだけ。で、みんなに「あっちいけ」とかいわれて、また泣いて……え？　じゃあ、あいつ、一年生のころから、仲間はずれにされていたわけ？

まあ、いいや、紅子のことは。魔法学校だけの、あの天井がななめになった教室だけのつきあいだと思っていればいいんだ。うん。

その晩、リッチとのやくそくどおり、ぼくは寝るまえにいのった。ベッドの中で、あおむけになって目をつぶり、あしたこそ、魔法学校へ行けますように、と。銀色にかがやく月と星に。

つぎの夜も。そのつぎの夜も。

やっと願いがかなったのは、おいのりをはじめてから四日目。はじめての授業から、ちょうど一週間たった火曜日だった。

4　ふたつめの魔法

「あった！」

朝、家の前の路地をぬけ、広い道にでたとたん、ぼくはさけんだ。

このあいだとおなじ場所に、白いチョークで矢印と、〈通学路〉の文字がかいてある。

「あいたかったぜ、矢印くん。」

ぼくがそういうと、矢印はぴょーん！　と、とびはね、くねくねしながら、道をすべっていった。このあいだとおなじように。

「まてっ！　っていっても……はあはあ。まってくれないんだよなあ。ひいはあ。」

ぼくはひっしで、矢印を追いかけた。一度か二度、登校する人たちにぶつかって、

「なんだよ」とかいわれたけど、ふりかえるよゆうもなかった。

そうして、チョークでかかれた矢印はあの家の、魔法学校のドアの下にすべりこんだ。金色の、まるい取っ手のついたドアの下に。

道に人影がないのも、このあいだとおなじ。目の前で、ギイッとドアがあき、バタンとしまったのも。

玄関には白い靴が一足。リッチ？　紅子？　ぼくはスニーカーをぬぐのももどかしく、教室へはいっていった。

紅子が机の上にかがみこんで、あのわけのわからない革の表紙の本をめくっている。

「おはよう。リッチは？　まだ？」

「見ればわかるでしょ。」

「ちぇっ。そんないいかたしなくてもいいじゃないか。」

そのとき、玄関のドアがバタンと音をたて、リッチが教室にはいってきた。

「なんだ。オレがビリかよ。まあ、いいけどさ。べつに競争じゃないんだから。」

そういって、リッチはランドセルをおろし、まんなかの椅子にすわった。

「おまえたちも、さっさとすわれよ。そうすれば、ばあさんがあらわれるから。」

ちぇっ。命令するなよ、と思いながら、ぼくもこのあいだとおなじ席についた。紅子も。

「きょうは、どんな魔法をおしえてくれるんだろう？」とぼくがいったら、リッチが、「どうせ、また、せこい魔法だよ」といった。

「あら、時を止める魔法は、ちっともせこくなんかないわよ。とっても便利よ。」

「オレは千円札を一万円札にかえる魔法のほうがいいな。」

そこへ、おばあさんの足音がちかづいてきた。

「おはよう、わたしの生徒たち。」

「おはようございます！」

紅子の声がいちばん大きく、明るかった。ほんと、こいつ、学校とは別人だな。なんでだろうと、ぼくは首をかしげた。

「きょうはまず、あなたたちにあやまらなければ。一週間もお休みしてしまって、ごめんなさいね。」

そういうおばあさんは、きょうも花模様の服に、白い四次元エプロン。

「みなさんのことは、それはそれは気になっていたのだけれど、とにかくいそがしかったのよ、この一週間は。みなさんより重い……。」

そこで、おばあさんはきゅうに口をつぐんだ。

「ぼくたちより重い、なに？」

ぼくはいった。リッチも紅子も、口ぐちに、こういった。

「重い病気？　オレたち、病気なんかじゃないぜ。」

「まさか、体重……じゃないわよね？」

おばあさんのおでこのしわがふかくなり、「つっ」という、舌打ちの音がきこえた。

「わたしとしたことが、つい、うっかり……。やはりつかれているのね。しかたがありません。では、みなさんに話せることだけ、話しましょう。わたしはむかしから、子どもたちに魔法をおしえてきましたが、ほかの生徒のことをべらべらしゃべったことは一度もありません。はい、おしまい。」

「それじゃあ、なんもいってないのとおなじじゃねえか。」

「いや、そうでもないよ、リッチ。つまり、おばあさんには、ぼくたち以外にも生

徒がいるってことだよ。ねえ、そうでしょ？」

おばあさんは口をへの字にして、なにもいわない。それから三人で、質問攻めにしたんだけど——何人生徒がいるのか、とか、ぼくたちみたいな小学生なのか、とか。おばあさんから引きだせた答えは、「そのときがきたら、あなたたちにもすべてを話します」だけだった。

「ちぇっ。あったまきた」とリッチがいうと、おばあさんもつんつんした声でこたえる。

「あなたたちは新しい魔法を習いたいんじゃなかったんですか？」

「そりゃあ、習いたいけどさあ。でも……。」

「男の子たちは毎晩、月と星に、女の子は一番星においのりをしていた。あしたはここへこれますように、と。」

　ぼくたちはただ、うなずくしかなかった。紅子もいのっていたなんて、いまのいままで知らなかったけれど。

「それならば、さっそく授業をはじめましょう。」

　先週とおなじように、おばあさんはぼくたちの正面に立った。そして、胸のところで両手をにぎりあわせ、こういった。

「わたしはね、ほんとうに感激しているんですよ。みなさんが、おいのりまでしてくれていたなんて。みなさんの、その期待にこたえて、きょうはとっておきの魔法をおしえましょう。手も道具もつかわずに、物体を九センチ、持ちあげる魔法を。」

「九センチぃ？」と、リッチがさけんだ。「ほら、みろ。やっぱり、せこい魔法じゃねえか。」

「なんで九に、こだわるんだよ。」

「どうせこだわるんなら、なぜ九メートルとか、九十メートルにしないの？」

「このあいだ、いったでしょう。もんくをいう生徒にはなにもおしえない、と。おぼえていないのなら、もういちどいいましょうか。もっと、はっきりと。もんくをいう生徒には、なにも、おしえません。」

ぼくたちはだまった。おばあさんは「よろしい」といって、机の前を行ったりきたりしながら、つづけた。

「九というのは神聖な数なのですよ。日本の除夜の鐘は百八回。インドのおいのりも百八回となえます。なぜならば、一とゼロと八をたせば九になり、九の倍数の十八を分解すると、一と八。それをたすと、やはり九になり……。」

もう、いいからと、ぼくは思った。前置きはいいから、早く魔法をおしえてくれ。手のサインと呪文を。

「――というわけです。それでは、やはり今回も九センチというのがどれほどの高さなのか。それを心とからだで感じてもらいましょう。」

おっ！　やっと四次元エプロンの下に手を入れたぞ。つぎの瞬間――。

「げっ！」

ぼくとリッチは椅子の上でのけぞり、紅子は悲鳴をあげて立ちあがった。そして、ぼくらのうしろにかくれた。

おばあさんが四次元エプロンの下から取りだしたのは、でっかいヒキガエルだった。

げろっ、げろっ、ろろろろっ

「おやおや。あなたも気の毒にねえ。ええ、ええ。やくそくするわ。こちらこそ、きょうはよろしくおねがいしますよ。」

おばあさんは机の上にのせたヒキガエルと〈会話〉してから、ぼくたちに、こういった。

「こんなすがたに、すきで生まれてきたわけじゃないとなげいています。それなのに、人びとにきらわれて、と。だから、いま、やくそくしたんですよ。きょうの役目をぶじに果たしてくれたら、仲間の大勢いる沼へつれていってあげますよ、と。」

「きょうの役目って?」と、ぼくがきいたら、おばあさんはすました顔で、こういった。

「あなたたちの教材になることですよ。このヒキガエルには魔法をかけてあるんで

げろっ
げろっ

す。きっかり九センチ、とびあがる魔法をね。」

「きょ、教材なの？　そのカエルが？」

そういう紅子の声は、いまにも泣きだしそうだった。おばあさんはへいきでヒキガエルにさわり、こちらをむかせた。でっぱった茶色い目には横に黒い線がはいっていて、どこかちょっとかなしそうだ。でも、キモイんだよなあ。背中によったしわも、イボも。茶色いからだの両側の、黒と白の模様も。

大きさは十センチ……いや、もっとでかいな。十五センチくらいかも。

「では、教材をつかって、授業をすすめましょう。」

おばあさんがカエルを、ぼくたちの足もとにおろした。紅子がまた悲鳴をあげて、ドアのほうへ逃げた。

「顔をかくした少女よ。あなたは新しい魔法をおぼえたくないのですか。手も機械もつかわずに、物体を九センチ持ちあげる魔法を。」

「ま、魔法は、おぼえたい。でも、カ、カエルはいや。」

すると、カエルが「けろっ」と鳴いた。

「かわいそうに、きずついているじゃありませんか。あなたの声の調子で、きらわれているとわかるんですよ。カエルだって、ヘビだって、ただ、すがたかたちがほかの生き物とちがっているというだけで、みんなに毛嫌いされている。それがどんなにつらく、さびしいことか。顔をかくした少女よ、あなたならわかるはず。」

話のとちゅうから、紅子のようすがかわった。おばあさんに背中をむけて、ドアにひっついていたのがすこしずつ、こちらをむくようになった。

「それで……。どうしたらいいの？」という声は、まだ弱々しかったけれど、もうふるえてはいない。ぼくには、よくわかった。紅子がヒキガエルと自分をかさねて、考えていることが。

「なにもさわる必要はないんですよ。」

そういうおばあさんの声は、やさしかった。

「いいですか。こうやって、カエルのそばにしゃがんで、ぴょこん！」

と、おばあさんがいったとたん。ヒキガエルが、ぴょこんとはねた。折りたたまれていたうしろ足はびっくりするほど長く、ちからづよい。

「おっもしれえ。カエルのサーカスみたい。ぴょこん！　わ、とんだ、とんだぜ。」

「ぴょこん！　とんだ、とんだ。」

「ぴょこん！　ぴょこん！　ぴょこん！」

　リッチとぼくがさわいでいると、ゆっくりと紅子（べにこ）がちかづいてきた。ぼくらはだまって、場所（ばしょ）をあけた。紅子がヒキガエルのそばにしゃがみこみ、小さな声で、いった。「ぴょこん。」

　カエルが、とんだ。リッチとぼくも、くりかえした。「ぴょこん！　ぴょこん！　ぴょこん！」

「きっかり九センチです。」

　大きな声で、おばあさんが、いった。

「ヒキガエルのとぶ高さのことですよ。ほらほら、男の子たち。カエルがつかれてきたじゃありませんか。さあ、もうおしまい、おしまい。」

おばあさんがそういわなかったら、ぼくらはまだまだ、〈カエルのサーカス〉をつづけていただろう。

え？　おばあさんが、どうやってヒキガエルを沼へつれていったのかって？　きまってるじゃないか。四次元エプロンを、ふわりとかぶせて、さっとはずしたら――もう、いなくなっていたのさ。そのまえに、おばあさんはなにかむにゃむにゃいって、カエルに魔法をかけた。きっかり九センチとぶ魔法を解除する魔法をね。

それから、おばあさんはぼくたちに手のサインをおしえてくれた。今回も、超かんたんだった。人さし指で三回、円をえがいて、親指とわっかをつくる。で、人さし指をぴん！　と、はじくだけ。

それをひとりずつ、三回練習させられた。きょうは、ぼくも一発でクリアできた。

そして、もちろん、ぼくたちはたずねた。「きょうの魔法の呪文は？」

「まず、いっておきますが、これからは質問するときは、きちんと手をあげること。

そして、わたしのことは先生とよぶこと。わかりましたか？」

紅子は大きな声で、「はい」といい、リッチとぼくは、ズボンのポケットに両手をつっこんで、「はあい」といった。

「男の子たち。もっと元気よく。」

「は、い！」

ぼくらは「い」に、うんと力を入れた。おばあさんは、ぐるんと目玉をまわしてみせた。

「まったく、ちかごろの学校や家庭はなにをおしえているのやら。それでは、背の高い男の子。おなじ質問を礼儀正しくいってください。」

「手、あげんの？」と、リッチがきくと、おばあさんはだまって、うなずいた。

「じゃあ、はい。きょうの魔法の呪文はなんですか。これでいいんだろ。」

「さいごのひとことはよけいですが、まあ、よしとしましょう。さもないと、いつまでたっても授業がすすみませんからね。さて、きょうの魔法、手も機械もつかわずに、物体を九センチ持ちあげる魔法の呪文は……。」

きょうもまた、おばあさんはもったいぶって、間をあけた。

「とんだ、とんだよ、カエルちゃん、です。」

「なんだよ、それえ。」

「そんな呪文ねえって。」

「あたし、ぜったい、わらっちゃう。となえるときに。」

口ぐちに、ぼくたちはいった。おばあさん、じゃなかった、先生は指で、おでこをもみながら、いった。

「わたしは、なんてやさしい、しんぼうづよい教師なんでしょう。なぜならば、あなたたちのように態度のわるい、もんくも多い生徒に、この魔法のひけつを伝授しようというんですからね。この魔法のひけつは、まず持ちあげたいものの名を三回、心のなかでとなえる。つぎに、手のサイン。さいごに呪文。わかりましたか？」

「はい」と、ぼくたちは同時に答えた。

「どうやら、〈はい〉だけは身についたようね。さあ！」

おばあさん先生は、ぱんと手をたたいた。

「小学校へ行く時間ですよ。もんくをいわないというやくそくはわすれても、学校までの道順はおぼえているでしょう。それでは、またあう日まで、さようなら。ねがわくば、みなさんがこの魔法から、たくさんのことを学びますように。」

外へでたぼくたちは、明るい日ざしに目をほそめた。

「どうしてだろうな。魔法学校のない日は、この家がみつからねえのは。」

リッチの言葉に、ぼくも紅子もうなずいた。

「ほんと、ほんと。」

「きっと、それも魔法の一部なのよ。でも、とんだ、とんだよ、カエルちゃん、なんて。」

紅子がぷっとふきだし、つられて、ぼくらもわらってしまった。けれども、学校がちかづくにつれ、リッチとぼくは、きょうも急ぎ足になり、紅子を引きはなした。ぼくがちらっとうしろをふりかえると、紅子は必殺ビームでもでそうな目で、ぼくたちの背中をにらんでいた。

きょうの一時間目は、ぼくの大きらいな算数。

ちょうどいいや。さっきの魔法をためしてみよう。

ぼくは机のまんなかに、エンピツを横におき、心のなかで、「エンピツ、エンピツ、エンピツ」と三回となえ、手のサインをした。くるくるくる、ぴん！ そして、小声で呪文をとなえた。「とんだ、とんだよ、カエルちゃん。」
と、エンピツがぴょこんととびあがり、ぱたっと落ちた。なんだ、かんたんじゃないか。でも、あんまりおもしろくないな、この魔法。時を止める魔法のほうが、ずっと……。そのとき、とつぜん、ぼくのペンケースがとびはね、ガチャンと音をたてて、机の上に落下した。

「そこ、しずかにして。」

先生に、にらまれた。ちくしょう。こんなことをするやつは……。ぼくは、ななめうしろの席のリッチをふりかえった。案の定、にやにやしている。おかえしに、ぼくはリッチを椅子ごと持ちあげ、どすんと落としてやった。

「わっ！」

「利一くん。どうしたの？」

先生が、いった。そして、リッチがだまっていると、

「さいきん、利一くん、おちつきがないんじゃない？　このあいだの漢字のテストも、利一くんらしくない点数だったし」とつづけた。

「あれは……。」

「あれは、なに？」

「――なんでもないです。」

先生は、まだなにかいいたそうだったけれど、授業の続きをはじめた。背中に殺気を感じて、ふりかえると、リッチが目を三角にして、ぼくをにらんでいる。なんだ？　なにを〈ぴょこん〉しようとしている？　そうか。わかったぞ。

ぼくは自分の机を両手で、ぐっとおさえつけた。そうしたら、となりの席の翔が、

「おまえ、なにやってんの？」と、きいてきた。

「いや、その。ちょっとね。」

そのとき、ドシン、ガタン、ガチャン！　という音がして、前のほうの女子が悲鳴をあげた。

「地震よ、地震！」

ぼくも、みんなといっしょに立ちあがり、なにごとか見にいった。すると、黒板の前の、先生の机がたおれて、コスモスをいけた花瓶が床に落ち、こなごなに割れている。

さてはリッチが、さっき怒られた腹いせに、先生の机を〈ぴょこん〉したんだな。

「ほんとに地震だった？」「でも、揺れなかったわよ。」「被害は先生の机だけ。」

――みんなはがやがや、わいわい、大さわぎだ。

「おまえ、あれはやりすぎだろう。」

ぼくの耳もとで、リッチがいった。

「え。ぼく、やってないよ。おまえだろ？」

「オレ、やってねえよ。」

「うそつけ。」

「うそじゃないってば。」

　そのとき、ぼくらのあいだに、紅子（べにこ）が
ぬっと顔をつきだした。

「あたしよ。」

「えっ。おまえだったの？　マジで？」

「そ。なかなか、やるでしょ、あたしも。」

「けど、あれはやりすぎだって。」

「まさか机（つくえ）がたおれるとは思わなかったのよ。うふふ。」

　ふと見ると、みんながへんな顔をして、こっちを見ている。そりゃあ、そうだ。

紅子（べにこ）とないしょ話なんかしていたら……。

　ぼくは目で、リッチに合図（あいず）をした。リッチはうなずき、ぼくらは、すっと紅子か
らはなれた。

「みんな、おちついて。席にもどりなさい。」

　先生がいった。そこへ、いつ教室をぬけだしたのか、翔（しょう）がガラッと戸をあけて、

かけこんできた。

「となりの二組は揺れなかったってさ。」

「四年一組、怪奇現象！」

大きな声で、大地がいい、ガタガタ自分の机を揺すった。女子がまた「こわーい」とかいって、きゃあきゃあさわいだ。

「みんな、しずかにして！　クラス委員、ほうきとちりとり持ってきて。ぞうきんもね。」

リッチとまゆ美が立ちあがり、教室のうしろのロッカーのほうへ行った。

ぼくは、〈怪奇現象〉をひきおこした紅子をふりかえった。紅子は窓ぎわの席で、ぼんやり外をながめていた。ぼさぼさの髪にかくれて、顔の表情はまったくわからなかった。

5　紅子の家へ

紅子から電話がかかってきたのは、それから二日後の金曜日の夜だった。

電話にでたのは、ぼく。ほんと、よかったよ、でたのが、お母さんじゃなくて。

「圭太くん？　あたし。紅子。」

「なに？　どうしたの？」

「わかってるわよ。圭太くんもリッチくんも、学校ではあたしとしゃべりたくないことは。いいの！　なんにもいわないで。あたし、ちゃんとわかってるんだから！」

「ちょ、ちょっとまって。一回、切ってくれる？　こっちから、すぐ、かけなおすから。」

返事もまたずに、ぼくは電話を切った。すると、お母さんが台所から、「圭太。

だれから？」とたずねた。

「友達だよ！」

どなるようにいって、ぼくはクラスのプリントをひっつかみ、階段をかけあがった。ああ、携帯がほしい。いま、この世でいちばんほしいのは携帯だ。携帯さえあれば、お母さんにいちいち、電話をチェックされずにすむ。そう思いながら、子機を手に、自分の部屋へ。

「もしもし。紅子？　で、なに？」

「さっきはどなったりして、ごめんね。」

紅子の声がおちついているので、ぼくはほっとした。

「さっきもいったけど、圭太くんとリッチくんの気持ちは、よくわかってる。だから、学校じゃないところで、ゆっくり話したいと思って。それで、電話したの。」

「いいよ。ぼくも話したいこと、いっぱいあるんだ。でも、まず、リッチのつごうをきかないと。あいつ、塾や習いごとでいそがしいからさ。」

「あさっての日曜日の午後なら、あいてるんだって。英語教室が午前中でおわるか

ら。マンションの屋上で話せば、お父さんにもお母さんにもきかれないっていうんだけど、圭太くんは、どう？」

「ぼくは、いつでもあいてるよ。おまえ、いつ、リッチに電話したの？」

「さっき。塾のかえりで、新宿駅だって。」

「へえっ。あいつ、電車で塾にかよってるのか。たいへんだなあ。——え。おまえ、リッチの携帯の番号、知ってるの？」

「うん。圭太くん、知らないの？」

「知らない。」

「いっとくけど、あたしがきいたんじゃないわよ。リッチくんのほうから、おしえてくれたのよ。学校じゃ話しにくいから、なにかあったら、この番号にかけてくれって。」

「なんだよ、リッチのやつ。ぼくには、そんなこと、ひとこともいわなかったぞ。」

「じゃあ、おしえてあげる。えーと……。」

「いい、いい。知りたくなんかねえよ、あいつの携帯の番号なんて。」

「じゃ、かってにして。それじゃあ、あさっての日曜日、一時にリッチくんちに集合ね。」

「はいはい」といって、ぼくは電話を切った。リッチにもムカついたし、紅子にもムカついた。リッチのやつ、なんで紅子にだけ、携帯の番号をおしえたんだよ。紅子もぼくよりさきに、リッチに電話しやがって。ふん。どうせ、ぼくは毎日ヒマですよーだ。

けれども、ベッドにはいると、そんな気持ちはしだいにおさまり、あさって、ふたりにあうのがとても楽しみになってきた。なんといっても、魔法のことや、魔法学校のことを話せるのはリッチと紅子だけなんだから。


そして、まちにまった日曜日。

「きょう、リッチのうちへあそびにいくから。」

お昼ご飯の焼きそばをたべながら、ぼくはいった。すると、お母さんがふしぎそうに、こういった。

「あら、また？　先週も行ったじゃないの。きょうはうちであそびなさいよ。それにしても、あんた、いつからこんなに仲よくなったの、利一くんと。いままで、利一くんの話なんて、したことなかったじゃないの。」

「ついさいきん。おなじ班になってから。」

ついさいきんなのは、うそじゃない。でも、お母さんはしつっこく、きょうはうちであそびなさい、という。リッチの家ばかりじゃわるいからって。

「こんどね、こんど。きょうは、もうきめちゃったから。」

ぼくは、いった。紅子がうちにきたりしたら、お母さんに、なんてからかわれるか。そのとき、電話がなり、いちばん近くにいたお父さんが受話器をとった。

「いますよ〜。ちょっとまってね。圭太、女の子から電話。」

「まあ。だあれ？」と、お母さん。「田中紅子さま」と、お父さん。ぼくは受話器をひっつかみ、ふたりに背中をむけた。「なんだよ？」

「あのね。わるいんだけど、ほんとにわるいんだけど、きょう、うちにきてくれない？　おばあちゃんが、いつもより早くお店に行くことになっちゃって。あたし、妹のめんどうをみなくちゃならないのよ。あ、妹はだいじょうぶ。まだ三歳だから。なんにもわからないから。」

「わかった」といって、電話を切った。そうしたら、案の定、お母さんがにやにやしながら、いった。

「きょう、利一くんの家へ行くんでしょ。紅子ちゃんもくるの？　紅子ちゃん、一年生のころ、かわいかったわねえ。髪がくるんくるんの天然パーマで。」

「うるせえなあ」といって、ぼくはリビングをでた。ああ、携帯があれば……。

紅子の家がどこかきかなかったので、ぼくはリッチの家に電話をかけた。

「チトフナの商店街を左にまがったところだってさ。メゾン船橋っていうアパートだって。」

――というわけで、ぼくらは一時にユリの木公園でおちあい、チャリで千歳船橋の駅のほうへむかった。駅前の商店街には細道が何本もあり、ちょっとまよってしまった。

「ここだ、ここだ。メゾン船橋。」

　リッチが指さしたのは、コインランドリーのとなりの二階建てのアパートだった。階段は建物の外についていて、リッチの〈億ション〉とはくらべものにならない。でも、白い壁にグリーンのドアの、わりと新しいアパートだった。

「二〇一号室だってさ」といいながら、リッチが先にたって、階段をのぼっていった。そして、二〇一号室のチャイムをおした。

「はーい」という紅子の声がして、すぐにドアがあいた。紅子のうしろにかくれて、小さな女の子が顔をのぞかせている。目のぱっちりした、かわいい子で、紅子とはぜんぜんにていない。

「ごめんね、ごめんね」をくりかえす紅子に、ぼくらも「いいって、いいって」をくりかえし、たたきでスニーカーをぬいだ。

紅子んちは縦に長く、テーブルをおいた台所をはさんで、部屋が二つ。はいってすぐの部屋は布団が敷きっぱなしになっている。奥の、窓のあるほうの部屋には二段ベッド。そっちが紅子と妹の部屋だということは、一目でわかった。おもちゃが、たくさんちらかっていたから。

「さっき、かたづけたばっかりなのに。アコちゃん、ちらかしちゃだめでしょ。」

人形や、ままごとの道具を押し入れにほうりこみながら、紅子がそういうと、

「いいの！　いいの！」

妹はべそをかき、ばたんと畳の上にひっくりかえった。そして、手足をバタバタさせて、ぎゃあぎゃあ泣きだした。

「しょうがないわねえ。ほら、おいで。いいものあげるから。」

「いいもの？　なあに？　なあに？」

妹はぴたっと泣きやみ、紅子にくっついて、台所へ。紅子は妹を椅子にすわらせて、カップにはいったプリンとスプーンを持たせた。

「おとなしくしてるのよ。お姉ちゃん、これから、お友達と勉強するんだから。わ

かった？」

「お友達？」

「そう！　お姉ちゃんにだって、お友達がいるんだからね。」

もどってきた紅子は、また、ぼくらに「ごめんね」といった。

「だから、いいっていってるだろう。」

そういうリッチの声は、なんだか怒っているみたいだった。ぼくはおもちゃをどけて、すわれる場所をつくった。紅子はぼくのそばに、リッチはベッドに腰かけた。

「あのさあ。まずききたいんだけど、ふたりとも、どんなことに魔法をつかってる？　あ、いいたくなければ、いわなくてもいいけどさ。」

ぼくは、そうつけくわえた。このあいだ、紅子が「あんたたちにはぜったいにおしえない」といったのを思いだしたから。

「ごめんね、あのときは。あたし、なんだか気分がむしゃくしゃして。だって、圭太くんもリッチくんも……。」

そこで、紅子は、ぼさぼさの髪をかきあげ、「やーめた」といった。「せっかく、きょうはこうしてあつまったんだもの。時を止める魔法は、すごく役に立つわよ。あたし、一日に十回はつかってるわ。」

「十回？」

「十回も、なににつかってるんだよ？」

目をまるくしているぼくらに、紅子は、こういった。

「アコちゃんが階段から落っこちそうになったときとか。牛乳をこぼしそうになったときとか。あの魔法のおかげで、大だすかりよ。圭太くんは？」

「ぼくは、おやつを二倍にふやしている。」

「えーっ！　どうやって？」

リッチと紅子は、同時にさけんだ。ぼくはとくいになって説明した。

「たとえば、おやつがどらやきだとするだろ。それをたべてから、時を止めて、お母さんがかたまってるあいだに……。」

「わかった。もう一個取ってくるんだろ。せこいの。」

リッチがいった。紅子も、「なあんだ」という顔をしている。ぼくはムカついた。

「だって、あんまり減ってると、あとで気づかれちゃうじゃないか。じゃあ、リッチはなににつかってるんだよ？」

すると、リッチは、ぽりぽり頭をかいて、

「オレも圭太のこと、いえないんだよなあ。人間の考えることっておなじなんだなあ。」

「だから、なんだよ。おしえろよ。」

「オレは夕飯のおかずをふやしている。」

「わかった！　さきに自分のをたべちゃって、で、時を止めて、お母さんのをたべるんだろう。」

「そ。」

「でも、そんなことして、バレないの？」と紅子がきくと、「バレない、バレない。ほんのつまみぐいだから。それより、あのぴょこんの魔法は？　ふたりとも、あれ、つかってるか？」

ぼくと紅子は、そろって首を横に振った。

「やっぱりなあ。オレもぜんぜんつかってねえんだ。だって、あれ、つかい道がないっていうか、つまんないっていうか。」

「そうなんだよ。たった一、二秒、たった九センチ、ものが持ちあがったからって、どうだっていうんだよ。」

「おい。また四年一組怪奇現象やるか？　って、オレ、もっと魔法らしい魔法を習いてえよ。指先からビームがでるとかさあ。そういうの。」

「でも、おばあさん、じゃなかった、先生、このあいだ、いってたじゃない。あたしたちが教室をでようとしたとき。ねがわくば、みなさんがこの魔法から、たくさんのことを学びますようにって。あれ、どういう意味なのかしら。」

「知らねえよ」と、リッチ。ぼくにも、あの〈ぴょこん〉の魔法から、なにかを学べるなんて、とても思えなかった。

「そうそう。もうひとつ、ききたいことがあったんだ。どうしてぼくたち三人が魔法学校の生徒にえらばれたんだと思う？」

ぼくは、いった。きょうはリッチは、「知らねえよ」とはいわなかった。しきりに首をかしげながら、こういった。

「このあいだ、圭太にいわれて、オレも考えたんだけどさ。オレたち、べつに仲よくないし、共通点もないだろ？」

「うん。だから、ふしぎなんだよ。」

「ふしぎなのはあたしよ。どうしてあたしがえらばれたの？　あたし、太ってるし、勉強もできないし、クラスのきらわれものだし。」

ぼくとリッチは、なにもいわなかった。だって、紅子がいったのは、ぜんぶ本当のことだから。

気まずい沈黙。すると、紅子が立ちあがり、台所から缶ジュースと、おせんべいの袋を持ってきてくれた。それで、なんとなく空気がかわり、またふつうに話せるようになった。

「でもさあ。どうして、おばあさん先生はぼくたちのことを、あんなへんな呼びかたをするんだろう？　ふつうに名前をよべばいいのにさ。ぼくは髪の長い少年で……。」

「オレは背の高い少年」と、リッチ。

「あたしは顔をかくした少女」といって、紅子(べにこ)がわざと髪(かみ)の毛(け)を顔の前に垂(た)らし、ぷうっと息(いき)でちらした。

「おい。髪(かみ)の長い少年。そのおせんべい、取ってくれよ。」

「はいよ。背(せ)の高い少年。」

「そんなことといってると、学校でも、うっかりでちゃうわよ。」

「だいじょうぶだって。顔をかくした少女よ。」

そうやって、けっこう楽(たの)しく、しゃべっていたら、リッチがとつぜん、こんなことをいいだした。

「ところで、紅子(べにこ)。おまえのばあちゃん、なんの店(みせ)やってんの？　電話(でんわ)でいってただろ。店がどうとかって。」

「〈紅(べに)〉っていう居酒屋(いざかや)。チトフナの駅(えき)のそばの。あたしが生まれた年に開店(かいてん)したから、〈紅〉っていうの。」

紅子の声は明るく、なんだかちょっと自慢(じまん)しているみたいだった。だから、そこでやめておけばいいのに、さらにリッチはいった。

「親は？　いねえのかよ。」

「お母さんはアコちゃんが生まれてから、福岡の旅館ではたらいてるの。もともと九州の生まれなの、お母さんは。」

お父さんのことは、紅子はなにもいわなかった。リッチがさらになにかいうんじゃないかと、ぼくがはらはらしていると、うまいぐあいに、妹が、「アコちゃんもジュース！　アコちゃんもジュース！」と、泣きだした。

「じゃあ、リッチ、そろそろ……。」

「ああ。うん。そうだな。」

そうしたら、紅子がチトフナの駅まで送っていくという。

「いいって、いいって」というぼくたちに、紅子は、

「でも、どうせ、〈紅〉に行くから。夕食のおかず、もらいに。」

と、いいながら、妹に上着をきせ、赤い長靴をはかせた。

そして、ぼくたちはアパートをでて、チトフナの駅のほうへ歩いていった。紅子がアコちゃんの手を引いているので、リッチとぼくも自転車をおしていった。

〈紅〉は駅のそばの、小さな店だった。白いのれんに、まっ赤な字で〈紅〉とあり、ちょうちんにもおなじ文字が書いてある。店の近くまでくると、アコちゃんが紅子の手を振りきって、かけだした。

そして、がらっと戸をあけて、「おばあちゃーん！」といった。

「じゃあな、紅子。」

「じゃあね、紅子。また……。」

あした、学校でという言葉を、ぼくはいえなかった。学校では話せないから、きょう、紅子の家へ行ったんだ。そのとき、〈紅〉の戸があいて、紅子のおばあさんがでてきた。

「へえっ。お姉ちゃんの友達がいっしょだっていうから、女の子だと思ったら、ボーイフレンドかい。それもふたりも。あんたもやるじゃないか、紅子。」

「そんなんじゃないってば。」

紅子は下をむいて、もじもじ、もじもじ。

「えっと……。おなじクラスの堤圭太です。」

ぼくは、ぺこりと頭をさげた。リッチは首を前にだして、「ども」といった。

紅子のおばあさんは、おばさんといったほうがいいくらい、若く見えた。髪は茶色で、まっ赤なセーターに、タイツみたいにぴったりした、白いズボンをはいている。

紅子が「アコちゃんは？」ときくと、「カウンターでぬりえしてるよ。しこみもおわったし、あとは五時の開店をまつばかり。そうだ。あんたたち、おでん、持っていきな。」

そういって、おばあさんはかたかたサンダルをならして、店の中へ。ぼくとリッチは顔を見あわせた。

「いや、ぼくたち……。なあ？」

「うん。」

「おいしいのよ、おばあちゃんのおでん。」

「いや、でも……。なあ？」

「うん。」

「ほんとにおいしいのよ。〈紅〉のおでん。」

そのとき、また、がらっと戸があいた。

「はい。おまちどおさん。コンビニのおでんとは、わけがちがうよ。〈紅〉秘伝のだし汁だからね。」

「どうも、ありがとうございます。」

「ども。」


おばあさんが、ふた付きの発泡スチロール容器に入れてくれたおでんを、ぼくらはユリの木公園のベンチでたべた。だって、うちに持ってかえるのもヘンだし、ふたりともちょうど腹ぺこだったし。

「はふっ。ほんと、おいしいね、このおでん。」

「あちっ。うん、マジでうまい。けど、あいつ、しっかりしてるのな。学校とは大ちがい。」

と、リッチがいった。ぼくは、うなずいた。

「紅子のことだろ。ぼくもそう思った。妹のせわなんて、まるでお母さんみたい

ユリの木
公園

じゃんか。」

「それより、圭太(けいた)。おいのりはちゃんとつづけてるだろうな。」

「おいのり？　してるよ。お月さまとお星さまに。うひひ。」

「それをいうなよ。」

リッチがぼくをこづき、おでんの汁(しる)がぼくのジーパンにかかった。ぼくも、どづいてやろうとしたら、逃(に)げられた。

それから、ぼくらはバカなことをしてあそんだ。すべり台をどかどか、かけあがったり、水道(すいどう)の蛇口(じゃぐち)を指(ゆび)でおさえて、水のひっかけっこをしたり。気がついたら、ロンT(ティー)もジーパンもびしょびしょだった。

「ほんじゃあ、そろそろかえるか。おい、圭太(けいた)。おもしろかったな。おもしろかったよな？」

「おもしろかったよ。またあそぼうぜ。ぼく、いっつもヒマだから、声かけてよ。」

「うん！　電話(でんわ)するよ。」

うれしそうなリッチの顔を見て、思った。こいつ、ほんとにいいやつだな、と。

6 〈ぴょこん〉の魔法をつかったら……

その晩もちゃんとおいのりをしたのに、翌日の月曜日も道案内の矢印はなかった。

がっかりして学校へ行くと、教室で紅子が五、六人の女子にとりかこまれている。

「紅子。なんとかいいなよ。」

「チトフナの商店街で、三人でなにしてたのってきいてるんじゃない。」

「あんた、魔法でもかけたの、リッチと圭太に。でなきゃ、あんたみたいなでぶっちょ、だれも相手にしないって。」

どうやら、きのう、いっしょに歩いているところをだれかに見られたらしい。まいったな、と思っていると、リッチが教室にはいってきた。

「なんだよ。どうしたんだよ。」

「ああ、リッチ。じつは……。」

説明しているぼくのそばを、紅子が下をむいて通りすぎ、教室をでていった。

「あいつ、どこ行ったんだ？」

「図書室じゃないかな。昼休みも、いつも図書室にいるみたいだから。」

「オレ、ちょっと、あいつにいいたいことがあるんだよなあ。」

「ぼくもちょっと、あいつにいいたいことがあるんだよね。」

「じゃあ……どうする？　行くか？」というリッチに、ぼくは思わず、口ごもって

しまった。

「え。あ、うん。いや、でも、いま、ぼくらもいなくなったら、うわさがもっと大きくなるんじゃないかな。」

「それもそうだな。じゃあ……昼休みまでまつか？」

「うん。そのほうがいいと思う。ああ、だめだ。きょうは四時間目までだ。じゃあ……あしたの昼休みとか？」

「オレは行く。」

「あ、まって。ぼくも行く。」

リッチを追いかけながら、つくづく、自分がなさけなかった。ぼくは、ひとりではなにもできない。いつも、人にどう思われるか、そればかり気にしている……。

図書室は、ぼくたちの教室とおなじ三階の、廊下のつきあたりにある。

紅子は、やはり図書室にいた。図書室のいちばんすみっこの机に、『宇宙』という本をおいて、ぼんやりすわっていた。ぼくらが向かい側の席にすわると、びくっとして顔をあげた。

「どうしてきたの？　だれかにみつかったら、どうするのよ。」

「あのさあ」「あのね」――リッチとぼくは同時にいって、ぽりぽり頭をかいた。

「圭太、さきにいえよ。」

「リッチ、さきにいってよ。たぶん、おなじことじゃないかな。」

「じゃあ、いうけどさ。紅子、おまえ、どうしてこんなにちがうんだ？　学校と、魔……あそことでは。」

「それだよ、それ。あそこでは、おまえ、よくしゃべるし、明るいじゃないか。学校でもおなじようにすれば、仲間はずれになんかされないって。」

　紅子はだまって、首を横に振った。そして、小さな声で、「だめなの」といった。

「だめって、なにがさ？」と、ぼくがきいたら、下をむいて、こういった。

「あたし、学校では、ううん、保育園のときから、ずっとヒキガエルなの。そうきまっちゃってるの。だから、かえられないの、自分を。」

「ヒキガエル？」

　紅子は、こくりとうなずいた。そのひょうしに、顔をかくしていた髪のあいだから、涙がぽたっと机の上に落ちた。

「このあいだ、先生がいってたでしょ。カエルもヘビも……すがたかたちがちょっとかわっているというだけで……みんなにきらわれているって。あたし、髪の毛が天然パーマで……小さいころはちりちりだったから。それで……みんなにからかわれて……。もじゃもじゃ紅子とか。」

　とぎれとぎれに、紅子はいった。すると、リッチがふしぎそうに、たずねた。

「じゃあ、なんであそこでは、あんなに明るいんだよ？」

「わからない。自分でも、それがふしぎなの。」

そういって、紅子が涙でいっぱいの目を見せた、そのときだった。翔が、「みっけー！」といって、本棚のかげから顔をだしたのは。

「じゃあ、うわさはほんとだったんだな。こういうのを現場をおさえたっていうんだよな。紅子、なんで泣いてんの？　あれか！　三角関係のもつれってやつ。オレ、これから記者会見ひらくからさ。にしても、おまえら、趣味わりいなあ。けけけ。」

翔がすがたを消すと、リッチが「あったまきた」といって、『宇宙』の木星の表紙をげんこつでたたいた。

「だから、いったじゃない」と、紅子がいった。「あたしのことはほうっておいて。でないと、リッチくんたちも、みんなにからかわれるから。」

「そんな。だって、ぼくたちは……。」

そのとき、ぼくの頭にぴかっと電球がともった。

「おい、リッチ。翔って、ぼくたちとおなじチームだよな？　ソフトボールの。」

「へ？　ああ、そうだけど。なんで？」

「ようし。翔に、ぎゃふんといわせてやろうぜ。どうするかっていうと……。」

ぼくのアイディアに、リッチはすぐにノってきた。

紅子は、さいしょは、「だめよ。そんなことに、あれをつかっちゃ」といっていたけど、ぼくらが、「いいじゃん、いいじゃん」「ただのいたずらだよ」というと、やっと、うなずいた。

「まあね。あぶないことはなにもないわけだしね。ちょっとからかうだけよね。」

「おっし！　そうこなくっちゃ」ぼくはいった。「ああ、早く四時間目にならないかなあ。」

きょうの四時間目は体育。そして、体育は先週から、ソフトボール。

クラスは二十四名だから、二チームに分かれて対戦するには六人多い。でも、ぼくたちの担任の先生は、「このクラスによけいな人などいません」といって、一チーム十二名にしちゃったんだ。紅子が仲間はずれにされていても、なにもいわないくせにさ。

キャプテンも先生が指名して――リッチと、足のはやい大地。「だれをチームに入れるかは、キャプテンどうしで話しあってね。」

で、リッチが、ぼくと紅子を〈取って〉くれた。翔もけっこう足がはやくて、取りあいになったんだけど、じゃんけんでリッチが大地に勝ち、おなじチームになったんだ。

きょうの試合は、やはりキャプテンどうしのじゃんけんで、大地が勝ち、相手チーム、「東京デビルズ」の先攻。ぼくたちのチーム、「日本ドラゴンズ」はあまった三人をベースとベースのあいだに配置して、守りをかためた。

でも、ぼくたち三人は試合なんてどうでもよかった。早くぼくたちのチームの攻撃にならないか、早く翔の打順がまわってこないか、そればかり考えていた。

やっと一回の表がおわり、こちらの攻撃になった。ぼくたちは肩をよせあって、味方の人といっしょに応援するふりをしていた。

翔の打順は二番。ぼくは八番で、紅子は十二番。キャプテンのリッチは四番打者だ。

一番目の女子は、内野ゴロでアウト。さあ、いよいよ翔の番だ。

「ぼくがやる。ふたりとも見てて。」

ぼくは心のなかで、「ボール、ボール、ボール」と三回となえ、手のサインをおえ、タイミングをはかった。翔はバッターボックスに立ち、バットをかまえている。

ピッチャーの大地がボールを投げようと腕をうしろに引いた。

ぼくは、小さな声で、呪文をとなえた。「とんだ、とんだよ、カエルちゃん。」

でも、早すぎた。ボールはピッチャーと翔の中間で、ぴょこんとはねあがり、ぽたっと地面に落ちた。

大地が「え?」と首をかしげ、翔は「なんだよ。へなちょこ球」といいながら、またバットをかまえなおした。

「ごめん。まずった。」

「これは、むずかしいわよ、タイミングが。」

「いまのうちに、タイミングを研究しようぜ。」

「でも、リッチくん。あれをつかっちゃだめよ。ボールがぽたぽた落ちたら、みんなにあやしまれちゃう。」

「んなこと、わかってるって。」

つぎに、翔の打順がまわってきたのは三回の裏だった。それまでに、ぼくたちはじっくり研究、観察していた。ピッチャーの動きを。ボールのスピードを。

「そらこい。へなちょこ球。」

バットをかまえた翔は、自信満々だ。大地が腕をうしろに引き、ボールを投げた。

いまだ!

ぼくは早口に、呪文をとなえた。翔がボールを打とうとした、まさにその瞬間。

ボールがぴょこんとはねあがり、空振りした翔の足もとに、ぽとりと落ちた。

「ちっくしょう！　変化球かよ。」

翔がバットで地面をたたき、ピッチャーの大地がまた、「？」という顔をした。

二球目も、三球目も、翔は空振り。

「三振かよ。」「なにやってんだよ。」――味方のヤジをあびて、すごすご引きかえしてくる翔に、ぼくたちはにやにや、くすくす。

「おまえら、なにがおかしいんだよ。」

「べっつにい。ま、つぎはがんばれよ。」

ぼくがそういったら、翔は鼻の穴をふくらませた。「おう。見てろよ。」

見てろよ、と、心のなかで、ぼくはつぶやいた。これでおわると思うなよ。

ぼくたちは交代で、翔におなじいたずらをくりかえした。翔はそのたびに首をかしげたり、頭をかいたり、鼻の下をこすったり。

こうなると、もうおもしろくて、自分の打順をうっかりわすれてしまうくらいだ。

試合そのものは満塁の七回裏で、リッチが花壇を越えるホームランをかっとばした。それで4点入ったものの、すぐに相手チームに追いつかれてしまった。その後、どちらも得点のないまま、24対24。

もちろん、翔はでれば三振。

そして、九回の表。相手チームが1点入れた。さあ、いよいよ九回の裏。ぼくたち、日本ドラゴンズ、さいごの攻撃だ。

さいしょの打者も、つぎの打者も内野ゴロでアウト。これはもう、だめだなと思ったら、三人目がナイスなヒットを打ち、三塁へ。

つぎの打者は、翔。

「たのむぞ、翔。」

「三振だけはやめてくれ。」

「フレー、フレー、翔！」

みんなの声援に、翔はくちびるをかみしめ、バッターボックスへ。ぼくたちは、たがいに顔を見あわせた。やめよう。ああ、もうやめよう。ぼくたちだっておなじチームなんだから。応援しよう。

それなのに……。緊張したのか、それとも、これまでの三振で自信をなくしたのか。翔はぎくしゃくした動きで、空振りをくりかえした。三球目はバットをいきおいよく振りすぎて、くるっと一回転してしまった。

「ああーっ」と、だれかが悲鳴のような声をあげ、四時間目の終わりをつげるチャイムがなった。

「バカ！　おまえのせいで負けたんじゃないか。」

「よくも、あれだけ三振ができたな。」

「あんたなんか、いらないって。」

校舎のほうへもどりながら、翔はチーム仲間に頭をこづかれたり、ボールを投げつけられたり。しまいには、膝のうしろをけられて、すっころんでしまった。

立ちあがって、歩いていく翔の背中が泣いていた。

給食のあいだも、翔は背中をまるめて、だれともしゃべろうとしない。しかも、翔の席はぼくのとなりだ。

きょうの給食は、ぼくの大好物のチンジャオロースだったんだけど、食欲はどこかへ消えてしまった。

きょうは、授業は四時間目までだ。給食がおわると、ぼくたち三人は逃げるように教室をでた。一分でも早く、翔のすがたが見えないところへ行きたかった。

三人ともだまりこくって歩いていくうちに、いつのまにか、ユリの木通りまできてしまった。公園のとなりに、リッチの住むマンションが見える。ぼくは立ちどまり、いった。

「ごめん。ぼくがわるかったんだ。あんなこと、するんじゃなかった。翔にもあやまりたいけど、魔法をつかったなんていえないし……。」

「圭太くんだけがわるいんじゃないわ。あたしたちも賛成したんだもの。ねえ、リッチくん？」

「ああ。紅子のいうとおりだよ。」

「けど、いいだしたのはぼくだから。」

「だから、ちがうって。」

「そんなことより、翔（しょう）くんが心配（しんぱい）だわ。あした、元気（げんき）になっていればいいんだけど。」

「それだよ」と、ぼくはいった。

「だいじょうぶだって。一晩（ひとばん）寝（ね）れば、わすれちまうよ。翔（しょう）も、みんなも。——やっべえ。オレ、塾（じゅく）の宿題（しゅくだい）やってねえんだ。じゃあな」といって、リッチはマンションのほうへ、かけだした。

「じゃあね、圭太（けいた）くん。あんまり気にしないで。圭太くんまでしょんぼりしても、しかたないでしょ。」

「うん。じゃあね、紅子（べにこ）。また、あした、学校でね。」

いえた！　きょうは、いえた。またあした、学校でねって。ぼくは、くるっとうしろをふりかえった。そして、大きな声（こえ）で、いった。

「紅子（べにこ）！　おまえのおばあちゃんのおでん、めっちゃおいしかったよ。そういっといてね。」

「ありがとう！　また、いつでもお店（みせ）にきてね。」

「うん！　じゃあね。」

また前をむいて、歩きながら、思った。ぼくもほんのすこし、つよくなったのかもしれないな。リッチと紅子のおかげで。魔法学校のおかげで。ほんのすこし、だけど。

ただ……問題は翔だ。翔のことだけが、ぼくの心に暗い影を落としていた。

その翌日。火曜日。

道路に道案内の矢印はなかったけれど、ぼくは走って、学校へ行った。早く翔のようすを知りたい。

翔は校庭で、クラスの人たちとハンドベースをやっていた。

「翔、おはよう。」

「よう、圭太。おまえも、やんない？」

「やる、やる！」

ほんとうは、そんなことはしちゃいけないきまりなんだけど、ぼくはそのへんにランドセルをほうりだし、仲間にくわわった。じきにリッチもやってきて、やはりランドセルをほうりだして、いっしょにあそびはじめた。

紅子は？　まだきていないのかな？　ぼくは三階の教室を見あげた。すると、ベランダから、紅子が手を振っている。

「圭太！　どこ見てんだよ。」

「わりい、わりい。」

ぼくはキャッチしそこなったボールを追いかけ、翔に投げかえした。

7 ぼくたちは友達(ともだち)だ！

その日から、ぼくもリッチも、学校で紅子(べにこ)とふつうに話すようになった。でも、もちろん、みんなのいるところで魔法(まほう)のことは話せない。「おはよう」とか、「ばあちゃん、元気(げんき)？」くらいしか。

すると、リッチがこんなことをいいだした。ソフトボールの試合(しあい)から二、三日たった昼休(ひるやす)み。三人で、ベランダにいたときのことだ。

「きょうから、学校がおわったら、いっしょにかえることにしないか？　そうすれば、歩きながら、いろいろ話せるから。ほら、オレ、塾(じゅく)とかあって、下校(げこう)のときくらいしか……。あ、もし、おまえたちがいやじゃなければ、だけど。」

さいごのほうはもごもごと、リッチはいった。

「いやなわけないだろ。大賛成だよ。なあ、紅子？」

「だめよ。そんなことしたら、リッチくんと圭太くんまで、みんなにヘンな目で見られるようになる。なんで、あたしなんかと、いっしょにかえるのかって。」

「オレはべつに気にしないぜ。だって、もうバレてるんだから。オレたち三人が、そのう……。」

「友達だっていうことはさ。」

友達という言葉がすんなり口からでてきて、ぼくは自分でも、ちょっとびっくりした。

「ありがとう。」

小さな声でいって、紅子がずずっと鼻をす

すった。

「んなあ。お礼なんていうなよ。友達なんだからさあ。なあ、リッチ？」

「そうだよ。泣くなよ。また、いわれるぞ、翔に。なんだっけ？　三角関係のもつれ？」

　リッチがそういったら、紅子はやっと笑顔を見せた。

　その日から、ぼくたち三人は、いっしょに下校するようになった。ぼくんちがいちばん学校に近いんだけど、リッチの家、紅子の家と遠まわりしてかえる。

　歩きながら話すことは、魔法学校のこともあれば、ぜんぜん関係ないこともあった。きのうのテレビ番組のこととか、毎月のおこづかいのこととか。ぼくと紅子は五百円なのに、リッチは五千円なんだって！

「いいなあ。けど、おまえ、五千円もなににつかうんだよ？」

「すぐ、なくなっちまうよ。ゲーム機のカード買ったり、塾の友達と買い食いしたり。」

「ぼくだったら、六か月分ためて、携帯買うな。そうだ。おまえの携帯の番号、ぼくにもおしえてくんない？」

　思いきって、ぼくはいった。

「へ？　おしえただろ。紅子(べにこ)におしえたとき、おまえにもおしえたはずだぜ。」

「いや。きいてない。」

「じゃあ、オレのかんちがいか。わるい、わるい。ほんと、ごめんな。０８０の……。」

「ちょいまち。」

　ぼくはランドセルからノートをだして、メモした。なあんだと思いながら。こんなことなら、もっと早くきけばよかった。ぼく、なんだか自分(じぶん)だけ、のけものにされているような気がして、いままでいいだせなかったんだ。

　紅子(べにこ)も、自分(じぶん)の携帯(けいたい)の番号(ばんごう)をおしえてくれた。学校へは持ってこないけど、おばあさんとの連絡(れんらく)につかうのだそうだ。アコちゃんがいるからとうぜんだ——って、ちぇっ。三人のなかで携帯(けいたい)を持っていないのはぼくだけか。

　それはともかく、三人で下校(げこう)するようになると、やはり、みんなにいろいろいわれた。なんだ、あいつら、とか。四年にもなって、女と、それも紅子(べにこ)とかえるかよ、とか。あいつらこそ、四年一組の怪奇現象だ、とか。

　でも、リッチとぼくは気にしなかった。いいたいやつにはいわせておけという、そんな気持ちだった。ぼくらに面とむかって、悪口をいうやつはいなかったし、仲間はずれにもされなかったしね。

　紅子はもちろん、気にした。そして、「ごめんね。あたしのせいで、いやな思いをさせて」ばかり、いっていた。

　そんなある日のかえり道。リッチが、いった。

「あのさあ。オレら、もうききあきたんだよ。おまえがそういうの。なあ、圭太？」

「うん。だけど、おまえ、ぼくらといっしょにかえるようになってから、まえよりも、みんなにからかわれてるじゃないか。だから、もしも、おまえがいやだったら、やめてもいいんだぜ。」

「いや」と、紅子がいったので、ぼくとリッチは顔を見あわせた。

「それなら……。なあ？」

「うん。」

「ちがう、ちがう。あたしがいやっていったのは、いっしょに下校するのをやめるなんていやっていうこと。だって、あたしにとって、リッチくんと圭太くんははじめてできた友達なんだもの。ふたりとも見てて。あたし、かわってみせるから。ヒキガエルから人間の女の子に変身してみせるから。」

自分にいいきかせるように、紅子はいった。

その翌日も、魔法学校への道案内の矢印はなかった。

きょうから十一月。二回目の授業から、もう一週間以上になる。おばあさん先生、またほかの生徒にかかりっきりなのかな。ぼくたちより〈重い〉生徒に。ほんとうに、なにが〈重い〉のだろう？　それは、ぼくの頭のかたすみに、ずっとひっかかっていることだった。

　きょうは朝から、しとしと雨が降っていて、昼休みも外であそべない。そのせいもあるのだろう。昼休みになると、みんなはまた、しつこく紅子をからかいはじめた。中心になっているのはクラス委員のまゆ美と、翔。

「紅子お。あんた、いま、モテ期なのよね〜。」

「モテモテ期だよな、紅子お。」

「ところでさあ。あんた、どっちがすきなの？　圭太？　リッチ？」

　紅子がうつむいて、なにもいいかえさないのも、いつもとおなじ。

「なにが見ててね、だ。」

「なにが変身する、だ。」

　ぼくとリッチは、ため息をついた。

　すると、紅子がゆっくり顔をあげ、ぐるっとみんなの顔を見まわした。紅子の顔には、なんの表情も浮かんでいない。そして、低いけれど、力のこもった声で、紅子はいった。

「あたしにかまわないで。あたしにも心があるのよ。あなたたちとおなじ心が。外見は、あなたたちのほうが、ずっとすてきよ。でもね、あたしにはなんでも話せる、すてきな友達がふたりもいるの。だから、そのふたりのことでからかうのは、もうやめて。わかった？　あら、返事がないわねえ。返事はどうしたの？」

さいごのところは、魔法学校のおばあさん先生にそっくりだった。みんなは、「ちぇっ」とか、「ヤなやつ」とかいいながら、てんでに教室をでていった。

「やったな、紅子。」

「かっこよかったよ、紅子。」

がらんとした教室で、ぼくらは紅子の肩や背中を、ばんばんたたいた。

「きのうの夜、さんざん考えたのよ。なんていおうか、どのタイミングでいおうかって。」

「ばっちりだったよ。なあ、リッチ？」

「ああ。せりふもタイミングもばっちりだった。」

すると、紅子がしきりに髪をかきあげながら、こんなことをいった。

「圭太くんたちには、ああいったけど、あたしね、とてもできないと思った。でも、先生のあの言葉を思いだしたら、勇気がでてきたの。ねがわくば、みなさんがこの魔法から……。」

「たくさんのことを学びますように。」ぼくは、つぶやいた。

「あたしは学んだわ」と、紅子がいった。「だれかに仕返しをしたら、自分もいやあな気分になる。それに、いちばん勇気がいることは自分をかえること。そうじゃない？」

「それだよ、それ。そのとおりだよ、紅子。」

ぼくは、いった。リッチもしきりに、うなずいている。

「あたし、先生にあいたいな。あたしがかわったところを、ほんのちょっぴりだけど、かわったところを見てほしい。」

「ぼくも。」

「オレも。オレもかわっただろ？　な？　かわったよな、オレ。」

「うん。かわったよ、リッチも。まえみたいに人をバカにしたような話しかた、しなくなった。」

「ほんと、ほんと。さいきんのリッチくん、すごく話しやすいわよ。それに、よくわらうようになったし。」

「なはは。てれるなあ。」

リッチは頭をかき、きゅうにまじめな顔になった。

「だけど、いつになったら、矢印があらわれてくれるんだろうなあ。」

「そうだ！　いいこと考えた。」

とつぜん、大きな声で、紅子がいった。

「あたし、いつも一番星においのりしているんだけど、きょうは三人いっしょにおいのりしない？　そうしたら、もっと効き目があるんじゃないかしら。」

「それはすっごく、いい考えだけど、問題は場所だな。学校の屋上は、人が大勢いるし。」

ぼくは、いった。すると、リッチがにやにやしながら、いった。

「ある、ある。だれもいなくて、ながめもよくて、たか～いところが。」

「どこどこ？」と、紅子とぼくがきくと、リッチはいった。

「オレんちのマンションの屋上さ。」


――というわけで、その日の夕方、ぼくたちはリッチの住むマンションの屋上にいた。屋上までは最上階の七階までエレベーターで行き、さらに階段をあがる。

屋上にはソーラーシステムのパネルがならんでいるだけで、だれもいない。目の下には、となりのユリの木公園の緑が、遠くのほうに、メルシーマートの屋上の、ボウリングの白いピンが見える。

けれども、ぼくたちには景色を楽しむよゆうはなかった。なぜって、きょうは六時間目まであったうえに、紅子が掃除当番で、いまはもう四時十二分。リッチは五時までに、四谷にある塾に行かなければならない。チトフナから四谷までは電車を乗りついで、四十分くらいかかるのだそうだ。

「で？　一番星って、どこに見えるんだよ」と、リッチがきくと、紅子が西の空を指さした。

「あれよ。ほら、ちかちかひかっているでしょ。」

ぼくらは目をこらした。たしかに、まだ明るい、青い空に、小さな星が一つ、またたいている。

「じゃあ、三人いっしょに、声にだしておいのりしましょ。あしたは……。」

「魔法学校へ行けますように。」

ぼくたちは一番星にむかって、手をあわせ、いのった。つぎの瞬間、紅子がさけんだ。

「あっ！　流れ星。」

「ちがう。あれは流れ矢印だ！」

ぼくは、いった。白いチョークの矢印が、彗星のような長い尾を引いて、さあっと空をながれていき、マンションの真下に落ちた。音も衝撃もなかったけれど、ユリの木公園の大きなユリの木の葉が一瞬、ぱっと銀色にひかった。

「あっ！　もう一本、流れ矢印が！」

リッチが空を指さし、さけんだ。

「もう一本！　ぜんぶで三本だ。行ってみよう。」

ぼくたちは階段をかけおり、足踏みしながらエレベーターが一階からのぼってくるのをまった。そうして、マンションの玄関をでてみると、三本のチョークの矢印がかさなってかいてある。その上には〈通学路〉の文字が。

「行こう！」

「でも、リッチ、おまえ、塾はどうするのって関係ないか。あはは……。」

「そうよ。関係ないわよ。だって、時間が止まるんだもの。あはは……。」

わらいながら、ぼくたちは矢印を追いかけた。こんな夕方に、しかも三人いっしょなんてはじめてだ。矢印は、きょうはいつもよりゆっくり、道をすべっていく。きっと、足のおそい紅子にあわせてくれているんだな。

そうして、数分後。ぼくたちは魔法学校の玄関で、おばあさん先生にむかえられた。

8 みんな、地球の子どもたち

「まあまあ、あなたたち。さっきはありがとう。三人そろって、一番星においのりしてくれて。あなたたちは〈あした〉といったけれど、わたしはうれしくて、うれしくて、すぐに矢印を空にはなってしまいましたよ。」

そういうおばあさん先生の手には、三本に枝分かれしたろうそくの台。朝でも、うすぐらい玄関だ。ろうそくの光がなければ、足もとも見えなかっただろう。

そうして、いつもの教室にはいったぼくたちは、思わず、「わあ！」と、声をあげた。

教室は、ろうそくの光の海だった。どっしりした机の上にも、床にも、ガラスのうつわにはいったろうそく、お皿にのせたろうそく、ぶっといのや、細いのや、リンゴのかたちをしたのや――ありとあらゆるろうそくが、ともっている。

　おまけに、ほのかに、いいにおいがした。花の香りみたいな。

「いい香りでしょう。これらのろうそくには、アロマオイルという、植物からとった油をまぜてあるのよ。その香りなの。もちろん、ぜーんぶ、わたしの手作りですよ。」

　ぼくらが席につくと、おばあさんは、「さて」といって、四次元エプロンのポケットに手を入れた。そして、なにかひかるものを取りだして、

「顔をかくした少女よ。これはあなたへのプレゼントです。あなたはみごとに、ヒキガエルから少女に変身しましたね。それならば、こうやって……。」

　紅子の上にかがみこみ、ぼさぼさの長い髪を両方の耳のうしろになでつけると、そのひかるもので、パチンととめた。

「ほうら！　これで、あなたは王女さま。」

　それは、銀色の流れ矢印の髪どめだった。つぎにおばあさんはエプロンの下から、楕円形の鏡をだして、紅子の顔がうつるようにした。

「髪どめはすてきだけど……。あたし、顔が大きいから」と、髪どめをはずそうとする紅子を、ぼくらは「にあう、にあう」と、止めた。

「本当？」

「ほんとだって。なあ、圭太？」

「うん。ほんとに、にあうよ。かわいいよ。」

それはうそでも、はげましでもなかった。もう、〈顔をかくした少女〉ではなくなった紅子は、ほんとうにかわいらしかった。ふっくらしたほっぺたに、サクランボのようなくちびる。目は、ろうそくの明かりをうつして、きらきらしている。

その紅子の肩に手をのせて、先生はいった。

「あなた、自分を誇りに思っていいのよ。」

紅子はくちびるをかみしめて、泣くのをがまんしているようだ。いいなあ、とぼくは思った。ぼくとリッチも、ほんのちょっぴりかわったことを先生にわかってもらいたいなあ。

けれども、先生は、ぼくらのほうは見てもくれない。

「それでは授業をはじめましょう。これからおしえる、あなたたちにとって三つ目の魔法は……。」

そこで、先生はちょっとだまった。それから、こういった。

「背の高い少年。あなたもかわりましたね。」

リッチがてれくさそうに、頭に手をやった。先生が、なぜそういったか、ぼくにはよくわかった。紅子にもわかったはずだ。きょうは、リッチはいわなかったんだ。

「どうせ、せこい魔法だろう」と。

ぼくは、まだまだだってことか。そうだろうなあ、と思っていると、先生はつづけた。

「髪の長い少年。あなたもずいぶんかわりましたよ。自分に自信がもてるようになり、人にどう思われるか、あまり気にしなくなった。そして、三人とも、もっともっとかわろうとしている。それも、わたしにはちゃあんとわかっていますよ。」

目の奥がじいんとしてきて、ぼくも紅子とおなじように、くちびるをかみしめた。泣いたりしたら、かっこわるい。

すると、先生が、がらっとしゃべりかたをかえて、かる〜い調子で、こういった。

「どうお？　きょうの教室。ロマンチックでしょ？　きょう、おしえる魔法も、とてもとてもロマンチックな魔法なのよ。自分のたいせつな人、大すきな人に、こちらをふりむかせる魔法。それだけではないのよ。こちらをふりむいたとたん、その人はそれまでの悩みや心配をぜーんぶわすれて、それはそれは幸せな気持ちになるの。どうお？　すてきでしょう？」

「すてき。」「すてきだね。」「最高じゃん。」

ぼくたちは、口ぐちにいった。

「そうでしょう？　すてきという点では、星の数ほどあるわたしの魔法のなかでも、一、二をあらそう魔法ですからね、これは。」

そこで、先生はまた、がらりと声の調子をかえた。魔法をおしえるときの、いつもの話しかたになった。熱心で、厳しい。

「この魔法には、手のサインは一つしかありません。右手を、胸のまんなかにあてる。それだけです。胸のまんなか。そこは、心のあるところ。心臓とはちがいますよ。心臓は、みなさんの生命をたもつためにあります。心は、みなさんがいろいろ

なことを感じるところ。悲しみ、喜び、幸せ、不幸せ。そういう感情を感じるところ。そこに、ぴたりと右手をあてて、みなさんのたいせつな人の顔を思いうかべます。もしもそばにいるのならば、じっと見つめてもいいんですよ。」

ぼくたちは、いわれたとおり、胸に手をあてた。ぼくは、先生の横顔をじっと見つめた。それだけで、先生はこちらをふりむき、ぼくにぱちっと片目をつぶってみせた。

「それでは、これから、みなさんのたいせつな人に、こちらをふりむかせ、幸せな気持ちにさせる呪文をおしえます。一度しかいいませんからね。よおくきいて、おぼえてくださいよ。その呪文とは、ハ～イ、ベイビー、ラブ、アンド、ピースです。」

ぼくたちは、げらげらわらいだした。

「ハ～イ、ベイビー、ラブ、アンド、ピース？　そんな呪文ありかよ。」

リッチがそういうと、先生は、

「なんでもありですよ、わたしの魔法学校は」といった。

「だってえ。先生にぜんぜん、きゃはは。にあわなーい。」

「ぼく、いえないよ、ハ～イなんて。はずかしくて。」

「魔法にはそれぞれ、正しい呪文があります」おごそかな声で、先生はいった。

「正しい呪文なくして、魔法は効力を発揮しません。さっきの呪文が、きょうの魔法の正しい呪文なのです。」

「あのさあ。あ、はい。質問。」

ぼくは、さっと手をあげた。

「まあ！　それもおぼえていてくれたのね。はじめての授業のときは、あなたたちは人間の子どもの皮をかぶったお猿さんかと思ったけれど。ほんとにまあ、なんて進歩したんでしょう。さてさて、どんな質問かしら？　髪の長い少年。」

「ラブ、アンド、ピースのピースって、どういう意味？　写真を撮るときにやる、Vサインのこと？」

「いいえ。まったく、あんな習慣はどこからきたのやら。なげかわしい。」

といって、先生は大きなため息をついた。

「ピースの意味は平和です。では、ラブ、アンド、ピースといえば？　はい、みんな、いっしょに。」

「愛と平和！」

大きな声で、紅子がいった。ぼくとリッチはおなじことを、もごもご、つぶやいた。

「男の子たちの声が小さいけれど、まあ、いいでしょう。答えはあっていますから。」

ぼくらは、ひょいと肩をすくめた。〈愛〉なんて、いえるかよ。そんな、でかい声で。

「この魔法をつかって、みなさんの愛をひろげていってくださいね。それでは、またあう日まで。かえり道には、くれぐれも気をつけてね。」

その言葉に、教室をでようとしたぼくたちは、ふと足を止めた。

「どうしてきょうにかぎって、そんなことというんだよ?」と、リッチがきくと、先生はそらっとぼけてみせた。

「さあ。どうしてでしょうねえ。なんとなく心配になっただけよ、背の高い少年。」

「はい」と、ぼくは手をあげた。

「あら。まだ質問があるの、髪の長い少年。」

「はい。ぼく、ずっとふしぎに思っていたんだけど、どうして先生はぼくたちを名前でよばないんですか? どうして髪の長い少年とか、背の高い少年とかいうんですか?」

「それはね」といって、先生はにっこりほほえんだ。とびっきり、やさしい笑顔だった。

「わたしには名前など、意味がないからです。なぜならば、この地球の子どもたちはみんな、わたしの子どもなんですから。」

外へでて、リッチの携帯の時刻表示を見ると、まだ4：15だった。

「リッチ。これなら塾にまにあうね。」

「だいじょび、だいじょび。いざとなったら、時を止める魔法を連発して、駅からダッシュするからさ。」

「だけどさあ。さっきの先生の言葉。あれは、どういう意味なんだろう。」

歩きながら、ぼくは首をかしげた。ぼくたちは、学校へむかっていた。だって、魔法学校からのかえり道は、それしか知らなかったから。

「地球の子どもたちは、みんな、わたしの子どもですっていう……。先生は、世界中の子どもをまもっているっていうことなのかな？」

「オレにきくなよ。」

「あたしにもきかないでね。」

「じゃあ、ひとりごとだと思ってよ。それじゃあ、先生は神さまとか、天使とおなじなのかな？」

「オレにきくなってば。」

「だから、ひとりごとだってば。」

そうして学校の前を通って、バス通りまできたときだった。横断歩道の信号が黄色から赤にかわった。とうぜん、ぼくたちは立ちどまった。すると、反対側の歩道に紅子のおばあさんとアコちゃんがいる。

紅子が手を振ったのと、アコちゃんが「おねえちゃーん」といって、こっちへかけだしたのと、ほとんど同時だった。アコちゃんを追いかけて、おばあさんも小走りにやってくる。

「あぶない！」

ぼくたちはさけんだ。一台の黒い車がキキーッと急ブレーキをかけ、アコちゃんのからだすれすれのところで止まった。車はタイヤをきしらせながら、大きなカーブをえがいて、走りさった。

「アコちゃん！」

紅子が道路へとびだした。車やバイクが走っている、赤信号のバス通りへ。

紅子はアコちゃんをだきしめて、横断歩道のまんなかで立ちすくんでいる。そのそばに、おばあさんがぺたんとすわりこんでいる。三人を避けようとして、ハンドルを切った赤い車と、むこうから走ってくるバスがいまにも正面衝突しそうだ。

「リッチ。」

「圭太。」

ぼくらは、時を止める魔法をつかった。そして、しずまりかえった道路へとびだし、紅子たちにかけよった。ぼくはありったけの力で、紅子とアコちゃんをおしたり、引いたりしながら、なんとかむこう側の歩道へつれていった。リッチはおばあさんを立たせようと、腕を引っぱっている。

ぼくはいそいで引きかえし、おばあさんのもういっぽうの腕をつかんだ。そこで九秒が過ぎ、車がいっせいに走ってきた。クラクションをならしながら。

「ばあちゃん、ばあちゃん。立ってよ。おねがいだよ。」

リッチが泣いている。ぼくはひっしで、また魔法をつかった。

「車よ止まれ、我を救え。」

きかない！　いま、ぼく、なんて……。ああ、もう、だめだ。ぐんぐんせまってくる車が、なぜかスローモーションで見える。そうか。死ぬまえって、こうなるんだな。

そのときだった。紅子のすんだ、大きな声がきこえたのは。

「ハ～イ、ベイビー、ラブ、アンド、ピース！」

つぎの瞬間、車が、バスが、バイクが急ブレーキをかけて、止まった。そして、車の窓から、運転手さんが顔をだして、紅子をふりかえり、にっこりわらった。

「元気かい、お嬢ちゃん」と、バスの運転手さんがいえば、「やあ、かわいこちゃん」と、バイクの男の人がいう。ほかの車を運転していた人たちも、みんな笑顔だ。

「お嬢ちゃん。西の空が夕焼けだよ。きれいだね。」

「ほんとうに、気持ちのいい夕方ね、お嬢さん。」

紅子はアコちゃんをかたほうの腕でだきしめて、もうかたほうの手を、みんなに振っている。みんなとおなじように、にこにこわらいながら。

そのとき、信号が赤から青にかわり、紅子がアコちゃんの手を引いて、走ってきた。

「おばあちゃん！　しっかりして。早く立って。」

車からも、ばらばら人が降りてきて、

「どうした、おばあさん。」

「腰がぬけちゃったのかい？」

数人で紅子のおばあさんをだきかかえ、歩道へはこんでくれた。

「ありがとうございました。」

ぼくたちはそろって、頭が膝にくっつくほど、おじぎをした。

「あたしゃ、もう、だめかと……。」

紅子のおばあさんが、がばっとぼくの両足をだきしめた。

「ありがとうよ、ありがとうよ。あんたのおかげで命びろいをしたよ。」

「ぼくじゃなくて、こいつなんです。おばあさんをひっしでたすけようとしたのは。」

ぼくはリッチの腕をつかみ、ぐいっと引きよせた。おばあさんは、こんどはリッチの足をだきしめて、おなじことをくりかえした。

紅子が、こちらをふりかえった。

「リッチくん、圭太くん、ほんとうにありがとう。あたし、アコちゃんをたすけるのがせいいっぱいで、とてもおばあちゃんまでは……。」

「そんなことより、紅子。いったい、どうやったんだ?」

ひそひそ声で、ぼくはいった。リッチもひそひそ声で、「オレも、それが知りたい」といった。

「だから、きょう、習ったあれをつかったのよ。見てたでしょ、ふたりとも。」

「だから、どうやってってきいてるんじゃないか」と、ぼく。

「あの車やバスに乗っていた人たちは、ぜんぜん知らない人たちじゃないか。どうやって、あの人たちに、こっちをふりむかせたんだよ？」と、リッチ。

　すると、紅子はにっこりわらって、こういった。

「先生の、あの言葉を思いだしたのよ。地球の子どもたちはみんな、わたしの子どもですっていう。それで、こう思ったの。この車を運転している人たちも、おなじ地球に生きているたいせつな人たちなんだって。みんな、だれかのお母さんだったり、お父さんだったり、友達だったりするんだって。そうしたら、みんなが、あたしの心にどっとなだれこんできたの。それで胸に右手をあてて、呪文をとなえたのよ。すごくかんたんだったわよ。」

「紅子！　おまえはすごいやつだ。」

　リッチがばんばん、紅子の背中をたたいた。ぼくはなにもいえず、肩もたたけなかった。紅子があまりにまぶしく、かがやいて見えたから。

　紅子のおばあさんが立って、歩けるようになるまで、信号を五回もまたなければならなかった。でも、それからのおばあさんの復活ぶりはすごかった。しゃかしゃかした足取りで、べらべらしゃべりながら、ぼくたちを〈紅〉へつれていこうとす

る。「これから塾がある」と、リッチがいうと、

「きょうは塾なんか行かせないよ。〈紅〉を貸しきりにして、パーティをやるんだからね。」

「リッチ。おまえ、あんなことがあったのに、塾に行くのかよ。ぼくたち、死んでたかもしれないんだぜ。もしも、あのとき、紅子が……いてっ。」

紅子に、肘てつをくらった。やばかった。もうすこしで、魔法のことを話してしまうところだった。おばあさんは腰をぬかしていたあいだのことはおぼえていないらしく、リッチを命の恩人だと思いこんでいる。

「リッチ。あんた、なにがすきなんだい？　天ぷら？　刺身？　きょうはなんでも、あんたのすきなものをごちそうするからさ。」

「塾のことなんか、きょうはわすれて。ね？」

紅子が腕をからませると、リッチはきゅうにでれでれした。

「そうだな。分数どころじゃないよな、きょうは。」

「そうこなくっちゃ」といったものの、ぼくの心のなかはもやもやしていた。もし

かして、リッチも紅子がすき、とか？〈も〉って、なんだよ、〈も〉って。ぼくは紅子がすきなのか？　なんでも話せる友達っていうだけじゃなく？　それも、自分でもよくわからない。

どっちにしても、ライバルがリッチじゃ、ぼくに勝ち目はない。だって、リッチ、勉強とスポーツができるだけじゃなく、足も長くて、かっこいいし……。

「お兄ちゃん。手、つなごう。」

アコちゃんが、ぼくの手をにぎってきた。しょうがない。アコちゃんでがまんするかって、できないって！

紅子のおばあさんは、〈紅〉の、のれんをはずし、ほんとうにぼくたちだけの貸しきりにしてしまった。そして、いろんな料理がつぎからつぎへと、でてくる、でてくる。

それをぱくつきながら、ふと壁の時計を見ると、五時四十六分。

「やばっ。ぼく、門限が六時なんだ。もうかえらないと。」

「きょうはかえさないっていっただろう。」

「うちのお母さん、門限にすっごくきびしいんだよ。三回やぶると、来月のおこづかい、なしなんだ。ぼく、今月はもう二回もやぶってるんだよ。」

すると、おばあさんは携帯を取りだして、「あんたんちの電話番号」といった。

「え。それは、ちょっと……。」

「いいから、早く電話番号」といわれて、しかたなくおしえたら、おばあさんは、ぼくの家へかけてしまった。

「もしもし、圭太くんのお母さんですか？　まあ、あなたはすばらしい息子さんをお持ちですわねえ。わたくし、交通事故にあうところを、圭太くんにたすけてもらいましてね。それでいま、わたくしの店で、お礼のパーティをやっておりますの。わたくしの孫の紅子も、リッチくんもいっしょですのよ。え？　チトフナの駅のそばの、〈紅〉っていう店ですの。ええ、ええ。どうぞ、どうぞ。」

おばあさんは携帯をぱたっととじて、「くるってさ、あんたのかあちゃん。」

「ええっ！　マジ？」

「マジだよ、マジ。」

お母さんは、ほんとうにきた。それから十五分くらいして、自転車で。しばらくして、お父さんもきた。お母さんが電話して、よんだんだ。

「あなた、すごいごちそうよ。キンメダイの煮付けに、お刺身に、ハマグリのお吸い物に……。」

食いしん坊のお父さんが、これをきいて、こないわけがない。

「うまいなあ、このヒラメの刺身。こんな近くに、こんなお店があったなんて。」

「あなた。毎晩、寄り道しないでよ。」

「奥さん。そんなことといわないで、ここでデートしたら？　会社帰りのお父さんと。」

「紅子ちゃんのおばあさん、いいこといいますねえ。どうだい、圭子。」

「そうね。たまには、そういうのもいいわね。圭太ももう、大きくなったことだし。」

「いいなあ、圭太くんちは。お父さんとお母さんが仲がよくて。」

紅子がいった。ぼくとリッチは、紅子とアコちゃんをはさんで、カウンター席にすわっていた。アコちゃんはおとなしくパズルであそんでいて、紅子はなんだかさびしそうに、自分の手のひらを見つめている。

ぼくは胸のまんなかに右手をあてて、紅子の横顔を見つめた。そして、口の中でつぶやいた。ハ〜イ、ベイビー、ラブ、アンド、ピース。

紅子がぼくをふりかえり、にっこりほほえんだ。

「圭太くん。楽しい夜ね。」

「そうだね。楽しい夜だね。あのさあ、紅子。ぼくとリッチと……。」

「なあに？　もっと大きな声でいって。」

「いいんだ。このエビフライ、おいしいね。」

パーティは八時でおひらきになった。アコちゃんがねむくなって、ぐずりだしたから。

「アコちゃん、おうちにかえって、ねんねしようね。ほら。お姉ちゃんがおんぶしてあげるから。」

紅子がしゃがんで、背中をむけると、アコちゃんはおとなしく、おぶさった。うちのお母さんは心配そうだ。

「だいじょうぶ？　歩いているうちに、落っこちない？」

「ぼくが送っていきますから。」

リッチがいった。リッチが自分のことを〈ぼく〉というのを、ぼくははじめてきいた。お母さんもお父さんも超感心して、

「リッチくんも紅子ちゃんも、しっかりしてるのねえ。」

「うちのだれかさんとは大ちがいだな。」

ふん。みんな、かってにしろ。ぼくはさっさと店をでて、うすぐらい遊歩道を歩いていった。さっき、さいごまで、ちゃんといえたら、紅子はなんてこたえただろ

うと思いながら。ぼくとリッチと、どっちがすきってきいたら……。

　そりゃあ、リッチだろうな。でも、いわないか、そんなこと。いわないだろうな。

　そんなことより、紅子とアコちゃんとおばあさんがぶじでよかった。衝突した車は一台もなかったし、けが人もひとりもでなかった。ものすごい事故になっても、すこしもふしぎはなかったのに。ほんとうに、ほんとうに、よかった。

「そういえば……。」

　ぼくは、ふと立ちどまり、また歩きだした。ひとりで、にこにこ、わらいながら。

　ぼくは、こんなことを考えていたんだ。先生は時を止める魔法のことを、「つかいかたによっては、人の命を救うこともできる」といったけれど、ぼくたちの命を救ってくれたのは、いや、ぼくたちだけじゃない。きょう、あのとき、あのバス通りにいた大勢の人の命を救ってくれたのは、ラブ、アンド、ピースの魔法だったな、と。

9　さようなら、おばあさん先生

その翌朝。

空は青かったけれど、夜中に雨が降ったらしく、道路は黒くぬれていた。そこに、まっ白なチョークで矢印と、〈通学路〉の文字がかいてある。

二日つづけてなんて、はじめてだ。

「おっし！　行こうぜ、矢印くん。」

ところが、矢印のようすが、なんだかおかしい。いつもなら、ぴょーん！　と、とびはねて、道をすべっていくのに、きょうはぴょこんともとびあがらない。おまけに、スピードもぐんと落ちている。だから、ぼくも息を切らせることもなく、魔法学校についてしまった。

きょうは、ぼくが一番乗りだ。机の上にも床にも、きのうのろうそくがおきっぱなしになっている。なんだか不安で、早くだれかこないかなあと思っていると、紅子が教室にはいってきた。

「おい、紅子。きょうの矢印、なんかヘンじゃなかった？」

「そうなのよ。元気がないの。どうしたのかしら。」

そこへ、リッチが、やってきた。

「オレの矢印、なんか調子わるそうなんだけど、おまえたちのはどうだった？」

「おなじよ。」

「おんなじだよ。」

「まさか、おばあさん先生が病気……とか？」

「ぼくも、それを考えていたんだ。」

「あたしも。」

ぼくたちは席についた。けれども、じきにあらわれた先生はいつもとおなじように、にこにこしている。

「おはよう、わたしの生徒たち。」

「おはようございます。」

「どうやら心配させてしまったようね。矢印がパワー不足でも、わたしはこれ、このとおり。」

といって、先生はくるりとまわってみせた。

「じゃあ、なぜ……。あ、はい」と、ぼくは手をあげて、きいた。「なぜ、矢印がパワー不足なんですか?」

「それはね、別れがさびしいから。矢印にも、心がありますからね。」

「別れって?」

ぼくたちは、同時にたずねた。先生はだまって、ひじかけ椅子に腰をおろした。

そして、しずかな声で、こんなことをいった。

「きょうは、授業はなしです。そのかわり、みなさんのどんな質問にもこたえましょう。いつか、いいましたね。いずれ、あなたたちにもすべてを話すときがくる、と。みなさんは、わたしが真につたえたかったことを、しっかりと学びました。友達のたいせつさと、この地上に生きるすべてのものと自分はつながっているのだ、ということを。ですから、きょうが〈そのとき〉なのです。」

　ぼくたちは、たがいに顔を見あわせた。だれの顔にもおなじ言葉が書いてある。不安と心配の色で。つまり、魔法学校はきょうでおしまい、もう先生とはあえないっていうこと？

「もし、オレたちが拒否ったら？」

　ぼそっと、リッチがいった。先生はぴくりとかたほうの眉をつりあげて、

「拒否ったら？　つまり、あなたたちが質問することを拒否したら、ということですか？」

　リッチはだまって、うなずいた。「やれやれ」と、先生はため息をついた。

「正しい日本語をつかってくださいよ。その質問の答えは、その場合は〈そのとき〉は永遠にうしなわれるでしょう、です。」

　それっきり、だれもなにもいわない。ぼくたちはおなじことを考えていた。ききたいことはたくさんある。でも、それをぜんぶきいてしまったら？　それで、終わ

りになってしまうのはイヤだ。でも、〈そのとき〉が永遠(えいえん)にうしなわれるのもイヤだ。じゃあ、どうしたらいい？　どうしたら……。

「はい。」

思いきって、ぼくは手をあげた。リッチと紅子(べにこ)がぎょっとした顔で、ぼくをふりむいた。

「髪(かみ)の長い少年？」

「えっと……。質問(しつもん)はたくさんあるんだけど。まず、きのうのことなんだけど。先生、ぼくたちがかえるとき、いったでしょう。かえり道は気をつけなさいって。先生にはわかっていたんですか、あの事故(じこ)のことが。」

「ええ。わたしには見えていました。あなたたちが横断歩道(おうだんほどう)で立ちすくんでいるようすが。だいじょうぶということも、わかっていたんですけれどね。」

「——ってことは、つまり、先生には未来(みらい)が見えるわけ？」

「ええ。近い未来なら。わたしの魔法(まほう)により。」

「じゃあ、きくけどさあ。先生はいったい、なにものなんだよ。神(かみ)さま？　天使(てんし)？」

リッチが、たずねた。

先生は「いいえ」と、首を横に振って、

「わたしは、ただの魔法使いです。遠いむかしから、子どもたちとともに生きてきた。子どもは魔法や魔法使いが大すき。魔法使いも子どもが大すき。それは、なかにはこわい魔法使いもいるけれど――ヘンゼルとグレーテルをお菓子の家にとじこめた魔女のような。そういう魔女も必要なのですよ。夜、森へ行ってはいけないよ。お菓子やおもちゃにだまされてはいけないよ、ということをおしえるためにね。」

ぼくたちの顔を見ながら、先生はつづけた。

「わたしの耳は、子どもたちのため息をきくためにあります。それが、あなたたちの授業が一週間も十日もおくれてしまった理由なのです。あなたたちのため息よりも重いため息が、あちこちできこえたから。あなたたちもテレビなどで知っているでしょう。学校でいじめられて、自殺してしまう子どもたちがいることを。」

　ぼくたちはだまって、うなずいた。そういうニュースを見ると、ぼくはいつもこわくなる。ぼくにもいつか、おなじことがおきるんじゃないかと思って……。中学とかで。

　すると、紅子が手をあげて、こうたずねた。

「つまり、先生のほかの生徒は、みんな、重い悩みごとをかかえている、ということですか？」

「その質問には、質問でこたえましょう。いまでは顔をかくさない少女よ。あの朝、あなたはどんな気持ちで家をでましたか？　いまから一か月ほどまえ、はじめてここへきた朝のことです。」

「いつもとおなじ朝だったわ。学校へ行きたくなくて、足がなかなか前にすすまなくて。あーあ、きょうの昼休みも図書室で、ひとりぼっちですごすのかって。」

「そうね。あなたのため息は大きかったわ」と、先生。

「ぼくは、えーと……。」

ぼくは首をかしげた。

「ああ、思いだした。家をでるまえに、お母さんと口げんかして、気持ちがむしゃくしゃしていたんだ。おまけに算数の宿題をわすれていて、もう、やけくそっていうか、どうでもいいっていうか。そんな気持ちだったんだ。」

「あなたのため息も大きかったわ」と、先生。

「オレはまえの晩、両親がいいあらそっているのをきいちゃったんだ。離婚するとか、そういう話。それで、ねむれなくなっちゃって。もしもパパとママが離婚したら、ぼくはどっちと暮らすことになるんだろうとか、そんなこと考えちゃって……。それで、翌朝は暗い気持ちで家をでたんだ。」

「あなたのため息も大きかったわ。」

「じゃあ、それが……」と、考えながら、ゆっくりと、ぼくはいった。「それが、

ぼくたち三人が生徒にえらばれた理由なんですか？　ぼくたちのため息が大きかったから？」

「あなたたちのため息が三方から、同時にきこえてきて、わたしの胸をしめつけました。それで、すぐさま三本の矢印をはなったのです。」

先生は、いった。すると、リッチがくちびるをとがらせた。

「でもさあ。悩みごとのある子どもに魔法をおしえても、べつに悩みが解決するわけじゃないじゃねえか。うちの親だって、これからどうなるか、わかんないしさあ。」

「でも、あなたは、あまりくよくよ悩まなくなった。ちがいますか、背の高い少年。」

「ああ。うん、それはね。ここへくるようになって、小さい魔法を教わって、圭太と紅子と仲よくなって……。そういうのがささえになったっていうか、心の。うまくいえないけど。」

「あたしもおなじよ、リッチくんと。」

「ぼくもおんなじだよ。毎日が特別な日になったんだ。誕生日みたいな。学校へ行くのも楽しみになったし。リッチと紅子にあえるから。ねえ、先生。それも、先生の魔法なんですか？　先生、ぼくたちに魔法をかけたの？」

　ぼくの質問に、先生はゆっくり、首を横にふった。

「いいえ。そんなことはありません。どうして子どもたちが生き生きとしてくるのか、わたしにもわからないんですよ。わたしにわかっているのは、わたしの小さな、小さな魔法をとおして、生徒たちがどんどんかわっていくということだけ。あなたたちのようにね。」

「あのう……。くだらないこときいてもいい？」

ぼくは、いった。

「どうぞ、どうぞ。いったでしょう。きょうはどんな質問にもこたえる、と。」

「じゃあ、きくけどさ、じゃない、ききますけれども、あのチョークの矢印と文字は、ほかの人には見えないんですか？　だって、ぼくが矢印を追いかけていくと、すれちがう人はみんな、ヘンな顔をするんだもん。」

先生の答えは、「見えません」だった。「えーっ！」と、ぼくたちが声をあげると、「そうなっているのです。わたしの魔法により」という答え。

それから、先生はにっこりわらって、こういった。

「そもそも、道にかいてあるマークや文字が目にはいるのは、下をむいて歩いている人だけでしょう。幸福な気持ちでいる人は、そんな歩きかたはしませんよ。そうでしょう？」

ぼくたちは顔を見あわせ、うなずいた。

「たしかに。」

「そういわれれば。」

「ほんとにそうね。」

「あの朝は、わたしにとっても記念すべき朝だったんですよ」といいながら、先生は机の上にかがみこみ、指先でトントンたたきはじめた。パソコンのキーボードを打つように。すると、ろうそくが、あっちでぽっ、こっちでぽっ、と、ともっていく。なにかの信号のように。

それに気をとられて、ぼくたちの注意が先生の話から一瞬、それてしまった。

「――五十年ぶりに、この学校を再開したんですからね。いまの子どもは携帯だのテレビだの、パソコンだの、いろいろなものに通じている。さあ、どんな子どもたちがくるだろうと、いささか緊張していたら、あなたたちでした。そして、わたしの魔法を手品だろうって……。」

「ちょ、ちょっとまった！」

つっかえながら、ぼくはいった。

「さっき、五十年ぶりっていったよね？　それじゃあ、先生はいったい……。」

何歳なの？　と、きこうとしたときだった。ごうっという地鳴りのような音がして、レンガの家がぐらぐら揺れはじめた。

「地震だ！」「大きいぞ！」「早く外へ！」――ぼくたちは揺れる床に足をとられながら、玄関へいそいだ。そして、スニーカーをつっかけて、外へでた。

「先生がいない！　先生、先生！」

「紅子。地面にふせろ！」

「だって、先生が！」

もどろうとする紅子に、ぼくとリッチがおおいかぶさり、三人で地面にふせた。

地面が揺れている、いや、うねっている。


ゴゴゴゴ……

ズズズズ……


ものすごい音と地響きと風。ぼくたちは歯をくいしばって、頭をあげ、なにがおこっているのか、見た。

とんがり屋根のレンガの家が、いま、まさに〈発射〉されようとしていた。ロケットのように。

ブブブブ
ズズズズ

直角にまがった煙突からも、地面からゆっくりとはなれていく家の土台からも、白い煙がふきだしている。そして、とんがり屋根がぱかっとあいて、先生がすがたを見せた。赤いヘルメットをかぶり、ゴーグルをして、あの白い四次元エプロンを大きく振っている。

魔法学校はみるみるうちに上昇し、二階建てのアパートの屋根を越え、高いイチョウの木のこずえを越えて、もくもくした白い雲につっこみ、見えなくなってしまった。

ぼくたちはただただ、ぼうぜんとしていた。両手、両膝を地面についたまま、うごけなかった。まだ耳の奥がキーンとして、自分の声がよくきこえない。ガラスのコップの中からきこえるようなその声は、こういっていた。

「おかしいぞ。ここはどこなんだ?」

立ちあがり、あたりを見まわしたぼくたちは、またまたぼうぜんとして、言葉をなくした。

ぼくたちは魔法学校の前の、小道にふせていたはずだ。ところが、そこはコインパーキングだった。六〇分いくらという黄色い看板が立っている。

　赤い車が一台停まっている、その駐車場のまんなかに、ぼくたちのランドセルがおいてあった。ぼくは自分のランドセルをせおい、赤いのを紅子にわたした。「行っちゃった、行っちゃった」といいながら、泣きじゃくっている紅子に。


　そして、ぼくたちは学校へむかった。

「よう、圭太。」「おす、リッチ。」――いろんな人が声をかけてくるけれど、ぼくたちは返事もできなかった。ひっしで泣きたいのをがまんしていた。

　もう、先生にあえないなんて……。もう、魔法学校へ行けないなんて……。

　一時間目から四時間目まで、なにを勉強したのかもおぼえていないし、給食もほとんど、のどを通らなかった。

　そして、昼休み。ぼくたち三人は、ベランダで、ぼんやり空をながめていた。けっこう風の強い日で、白い雲がつぎからつぎへと、青空をながれていく。

「いまごろ、どこだろうな。」

ぼそっと、リッチがいった。

「さあ。もう大気圏を突破して、べつの惑星に着陸したかも。」

「だけど、地球以外に、生物のいる惑星ってあるのかよ？」

「ぼくにきくなよ。」

すると、それまでだまっていた紅子が、くるっとこっちをふりむいて、いった。

「あたし、いやな予感がする。」

「なにがさ？」と、ぼくがきくと、紅子はすばやく、時を止める魔法の手のサインをした。そして、小声で、呪文をとなえた。「時よ、止まれ。我を救え。」

三人で、はっと息をのんだ。なにもおこらない。校庭であそんでいる人たちは、そのままあそんでいる。白い雲も空をながれている。

ぼくたちは、ほかの二つの魔法もためしてみた。物体を九センチ持ちあげる魔法は、教室の机の上にリッチの携帯をおいて。たいせつな人をふりむかせる魔法は、紅子にうしろをむかせて、ためした。

どちらも、まったくきかなかった。

「紅子。おまえ、どうしてわかったんだ？」と、リッチがきくと、紅子は大きなため息をついた。

「だって、映画でも本でも、結末はいつも、こうなるんだもの。冒険がおわると、主人公は力をうしなうのよ。魔力とか、念力とかを。」

「でも、記憶をうしなわなくて、よかったじゃないか」ぼくは、いった。「紅子はいいよ。その流れ矢印の髪どめがあるから。ぼくとリッチは思い出しかないんだよ。なあ、リッチ？」

「しかし、思い出は永遠だ。」

「たしかに。」

すると、紅子が、その日はじめての笑顔を見せて、こんなことをいった。

「魔……あれがつかえなくなったのはさびしいけど、これでよかったのかも。」

「なんでさ？」

「だって、あのままだと、またいつ圭太くんがテストのすりかえをするか、わからないもの。でしょ？」

「たしかに。ぼく、ユーワクによわいからさ。あれからなんどか、やりかけたんだよね、じつは。」

「おまえ！」といって、リッチがヘッドロックをかけてきた。ぼくがじたばたもがいていると、紅子がどーん！　と体当たりしてきて、救ってくれた。

「すげえなあ、おまえ。柔道やれよ、柔道。」

「リッチ。バカ。そんなこといって、紅子がその気になったら、どうするんだよ。ぼくら、かんたんに投げとばされちゃうぜ。」

「あら。リッチくんと圭太くんなら、いまだって投げとばせるわよ。どーれ。」

両手をあげて、どすどすとせまってくる紅子。逃げまわるぼくら。ふと見ると、教室の戸口に、翔とまゆ美が立っている。まゆ美はドッジボールの白いボールを持っている。

「なにやってんだよ、おまえら。」

「なにって、あそんでるんだよ、仲よく。見りゃ、わかるだろ。」

リッチがそういうと、翔は口をとがらせて、こういった。

「なんだよ。せっかく誘いにきてやったのに。なあ、まゆ美?」

「うん。これから、ドッジやるんだけどさ。もう場所取ってあるんだけど。あんたたちもこない? 紅子もいっしょに。」

「おっし! 行こうぜ、紅子。」

「うん!」

校舎の階段をおりていくとき、ぼくのうしろで、まゆ美と紅子の話し声がきこえた。

「かわいいね、その矢印の髪どめ。」

「これ、あたしの宝物なんだ。」

「そうなんだ。にあうよ。その髪形も。」

「あたしね、もう顔をかくした少女やめたの。」

「あはは。紅子っておもしろいことというんだね。」

ききながら、思った。もう、三人で下校することもなくなるかもしれないな、と。

あれから、もう一か月が過ぎた。ぼくの予感はあたった。泣き虫だけど、じつはしっかりしている紅子と、しっかりしているけど、じつはさびしがりやのまゆ美は気があうらしく、いまではいつもいっしょだ。昼休みも、放課後も。

リッチはあいかわらず、塾と習いごとにいそがしく、三人であうことはめったになくなった。でも、あえばいつでも、ほっとする。安心できる。

ぼくたちが、なんでも話せる本当の友達だということに、すこしもかわりはない。

そして、三人であえばもちろん、おばあさん先生と魔法学校の話になる。

ぼくたちはさまざまな意見をだしあい、こういう結論にたどりついた——おばあさん先生は、もう地球にもどってきている。なぜならば、ほかの惑星には人間のような生物はいなかったから。そして、また、どこかの街の、しずかな道で、あの四次元エプロンをつけて、子どもたちに小さな小さな魔法をおしえている。

そう思うだけで、ぼくは、ぼくたちはとてももとてもしあわせな気持ちになれる。

え？　そういうおまえはなにをしているのかって？　あいかわらず、ヒマしてるよ。でも、どこかが、なにかがまえとはちがうんだよね。たとえば、歩きながら、空を見あげるとき。コンビニの前で、ほかほかの肉まんをたべるとき。夜、ベッドの中で、雨の音をきいているとき。

思うんだよ。生きているってすてきだなって。生きていることが魔法なんだな。世界は魔法でいっぱいなんだなって。

（おわり）

作者　さとうまきこ
東京に生まれる。上智大学中退。『絵にかくとへんな家』で日本児童文学者協会新人賞、『ハッピーバースデー』で野間児童文芸推奨作品賞、『4つの初めて物語』で日本児童文学者協会賞受賞。ほかに『宇宙人のいる教室』『9月0日大冒険』『千の種のわたしへ』など。

画家　高橋由為子（たかはしゆいこ）
東京に生まれる。多摩美術大学大学院修了。イラストレーター。海を見晴らす家で3頭の犬、夫と暮らし、菜園を手掛ける。著書に『セイリの味方スーパームーン』『学校のトラブル解決シリーズ』2・5巻、『コンビニ弁当16万キロの旅』など多数。

魔法学校へようこそ

2017年12月　初版第１刷発行

作者　さとうまきこ
画家　高橋由為子
発行者　今村正樹
発行所　株式会社偕成社
〒162-8450　東京都新宿区市谷砂土原町3-5
TEL:03-3260-3221（販売）　03-3260-3229（編集）
http://www.kaiseisha.co.jp/
印刷所　中央精版印刷株式会社
小宮山印刷株式会社
製本所　株式会社常川製本

NDC913　偕成社　182P　22cm　ISBN978-4-03-610190-0 C8093

偕成社ワンダーランドへようこそ

とび丸竜の案内人
柏葉幸子:作　児島なおみ:絵
時を越えて、竜と旅をし、理子は旅の果ての太陽よりも、もっともっと大切な人とめぐりあうことになる。

9月0日大冒険
さとうまきこ:作　田中槇子:絵
純が真夜中に窓から見たのは、なんと白亜紀のジャングル。カレンダーの日付は9月0日だった。

ジーク—月のしずく日のしずく
斉藤洋:作　小澤摩純:絵
狼猟師アレスの息子ジークは、父の死後、運命の糸にみちびかれ、己の出生の秘密を知る。

黒ばらさんの七つの魔法
末吉暁子:作　牧野鈴子:絵
黒ばらさんはおぼえた魔法をつかって、吸血鬼と対決したり、にせの魔女を追いつめたり大活躍。

大おばさんの不思議なレシピ
柏葉幸子:作　児島なおみ:絵
美奈が見つけた大おばさんのレシピ。料理や小物を作り方のとおりに美奈がつくると、別世界へ呼ばれる不思議なレシピだった。

メトロ・ゴーラウンド
坂東眞砂子:作　勝川克志:絵
タケシは友だちを探して地下鉄に乗るうち、ヨクノポリスと呼ばれる未来社会に着き、タワーを壊す。

花豆の煮えるまで—小夜の物語
安房直子:作　味戸ケイコ:絵
山の旅館の娘、小夜にはお母さんがありません。小夜の生まれる前のお父さんとお母さんの話。

ひとりでいらっしゃい—七つの怪談
斉藤洋:作　奥江幸子:絵
怪談をしたりきいたりするのが大好きな隆一は、偶然たずねた大学の"恐怖クラブ"に飛び入りで入会。

精霊の守り人
上橋菜穂子:作　二木真希子:絵
人間の世界を見守る精霊は、100年に一度人間に宿り、新しく誕生する。守り人シリーズ第一作。

かぼちゃの馬車と毒りんご
白阪実世子:作　もとなおこ:絵
おとぎの国へスリップした由里と麻里は、それぞれあこがれの白雪姫とシンデレラ姫をめざす。

選ばなかった冒険—光の石の伝説
岡田淳:作 絵
学とあかりが、学校の廊下から迷いこんだのは、テレビゲーム「光の石の伝説」の世界。

ドードー鳥の小間使い
柏葉幸子:作　児島なおみ:絵
タカが祖父の部屋を片づけていると、急に鳥のはく製が動き出し、いいなづけを探してくれという。

ぼっこ
富安陽子:作　瓜南直子:絵
繁は古い家の中で、ぼっこと名のる少年と出会う。ぼっこは不慣れな土地での生活にとまどう繁の世話をやく。

闇の守り人
上橋菜穂子:作　二木真希子:絵
養父ジグロの供養のために、久しぶりに故郷のカンバルに帰った女用心棒バルサをまちうけていたのは。

夢の守り人
上橋菜穂子:作　二木真希子:絵
旅の歌い手ユグノにであった女用心棒のバルサは、やがて、人の魂を欲する花の精の存在を知る。

筆箱の中の暗闇
那須正幹:作　堀川真:絵
あなたの生きている世界はだれか他の人の夢にすぎないかもしれない。不思議世界の物語30編。

ジークII—ゴルドニア戦記
斉藤洋:作　小澤摩純:絵
ジルバニアにくらすジークは、叔父の要請で海を越え、父の国ゴルドニアに向かい、竜と対決する。

虚空の旅人
上橋菜穂子:作　佐竹美保:絵
新ヨゴ皇国のチャグム皇太子は、隣国サンガルへまねかれる。サンガルでは陰謀が進んでいた。

神の守り人[来訪編][帰還編]
上橋菜穂子:作　二木真希子:絵
謎の美少女アスラを連れ、みえない追手からひたすら逃げるバルサ。アスラはいたいけな少女なのか、それとも危険な存在なのか。シリーズ最新作、全2巻。

うらからいらっしゃい—七つの怪談
斉藤洋:作　奥江幸子:絵
隆一が訪れたのは大学の恐怖クラブ。そこで語られるまたまたちょっと愉快ででもとってもこわいお話7編。

蒼路の旅人
上橋菜穂子:作　佐竹美保:絵
タルシュ帝国の策略と知りながら、サンガル国に向かうチャグムには大変な試練が待ち受けていた。

天と地の守り人[三部作]
上橋菜穂子:作　二木真希子:絵
第一部ロタ王国編、第二部カンバル王国編、第三部新ヨゴ皇国編の三部からなる。バルサがチャグムを探し出す一方で、北の大陸は大きく変わろうとしていた。シリーズ完結!

黒ばらさんの魔法の旅だち
末吉暁子:作　牧野鈴子:絵
二級魔法使い黒ばらさんは絶不調のなか行方不明の少年を捜しにヨーロッパの魔法学校に向かいます。

流れ行く者—守り人短編集
上橋菜穂子:作　二木真希子:絵
少女バルサとジグロのふたりは追っ手の目を逃れながら、旅から旅へとあてのない日々を送っていた。

炎路を行く者—守り人作品集
上橋菜穂子:作　二木真希子・佐竹美保:絵
ヒュウゴの青春を描いた中編「炎路の旅人」とバルサの少女時代のスケッチ「十五の我には」の二編収録。